KB116142

초명암집
蟭螟庵集

원경圓鏡
지음

청어

Zen Poetry
of
The Smallest Mosquito's Hermitage
(Cho—myong—am)

WON—GYONG

(LEE, SANGWON)

zenlotus3@gmail.com

2020, Seoul, Korea

Zen Poetry
of
The Smallest Mosquito's Hermitage

(Cho—myong—am)

KEY WORDS

Sutra, the self—nature, zen,

Bodhi, Buddist, Dharma, Bodhidharma

sitting in meditation, mountain, cloud, emptiness,

solitude, moon, silence, sword, hell, sky, water, main character,

Sattva or living beings, arising and ceasing, sufferings,

calm extinction, koan, Mara, the gateless barrier,

the original face, ox—herding, gatha,

samadhi, the mud—ox, Varsa, Dao,

Tathata, lotus flower

蟭螟庵集

圓鏡

2020년, 서울

自序

詩難言也。詩禪一味。雖然釋之詩。塵也妄也障也。先德云。學者漁獵文字語言。正如吹網欲滿。非愚卽狂。禪是佛心。詩猶禪。禪由悟入。詩貴神解。故得心於心。則經律論三藏教文。乃至閒談鳥語及乾屎橛。皆爲禪旨。失之於心。則拈花微笑。却爲教迹。

夫詩言志。觀其志之所存。其人可知。詩豈易言哉。詩者。出於心而形於言。言之骨髓也。觀其言之所發。而可知其人之所蘊。故本乎情性而發之爲詠歌。必其冲澹閒遠。絕去世俗之葷血然後爲貴。

余素不工於詩。且不嫻聲律。每讀古今人詩集。未能自得。文章以骨氣爲主。氣隆則從而隆。氣餒則從而餒。其播諸吟詠者。自有不能掩其實。余賦性疏慵。無意進取。無求於世。無忤於人。何況在詩業求甚麼。

蓋詩似淡而非淺。似麗而非淫。措詩眼良遠。愈讀愈有味。其古德亦超然妙悟之流歟。其傳也必矣。我常持詩荒戒。以爲詩人意境虛曠。大爲修禪之病。故既不喜述作。又失於收拾。遺散已不少矣。仍有所謂詩能窮人者。不遇知於當世。泯滅其跡耳。

潛心而有得焉。則有本之詩文。庶不與未必有德如我者。同歸也。至於微意底蘊。有非淺見所及者。則以竢夫後之眼目焉。今記吾跡。失吾志。殆半生。始返吾故居。吾述懺悔錄。則宿愆未可改也。汗蓋浹背骨矣。

嗟。今拙薆刊行。題作蟭螟庵集。錄手稿二百五十餘篇。吾心澹澹。恐如世人將可笑之。咽中介介然數吞。只淺卷卽唾具。詩卽其人乃自道也。多幸一覽一笑。唯願我拙圖詩集。則未免爲書蠹之食。而醬瓿之覆。或紙被一張矣。

會麼。

我手佛手。糞箕掃帚。拈起便行。誰分先後。

我脚驢脚。步保踏着。踏破虛空。一任卜度。

佛紀 2564年 仲秋節, 方丈山 蟭螟庵

圓鏡 合掌

자서

시는 말하기 어렵다. 시와 선은 한 맛이다. 비록 그러하나 불가에서 시는 객진이고 망념이며 장애이다. 옛 스님은 이렇게 말씀하셨다. "배우는 이가 언어 문자에 빠지는 것은 마치 그물망에 바람을 불어넣어 부풀기를 바라는 일이니, 어리석은 이가 아니라면 미친 사람일 것이다." 선은 부처님 마음이다. 시는 선과 같으니, 선은 깨달아 들어가는 것을 말미암고 시는 신묘하게 이해하는 것을 중요하게 여긴다. 그러므로 마음에서 얻으면 경율론 삼장교의 문구뿐만 아니라 거리에서 쓸데없이 나누는 이야기와 새들이 지저귀는 소리와 마른 똥막대기까지도 모두 선을 나타내는 뜻이 되지만, 마음에 얽매여 근본을 잃어버리면 염화미소의 소식도 모두 교의 자취가 될 뿐이다.

대저 시는 뜻을 말하는 것이니 그 뜻이 보존된 것을 보면 그 사람됨을 알 수 있다. 시를 어찌 쉽게 말할 수 있겠는가. 시는 마음에서 우러나와 말로 드러나는 것으로, 말의 골수이다. 그러므로 그 말에 드러난 것을 보고서 그 사람의 내면에 쌓인 것을 알 수 있다. 그러므로 마음의 바탕이 노래로 발현되어 나온 것이다. 맑고 한가하여 속세의 비린내를 끊어버려야만 귀하다고 할 수 있다.

나는 본래 시에 능하지 못하고 또 성률에도 익숙지 않아 고금 사람들의 시집을 읽을 때마다 스스로 터득하지 못하였다. 문장은 그 뼈의 기운을 위주로 한다. 기운이 높으면 글도 따라 높아지고 기운이 시들면 글도 따라 시들하니, 그 시문에 표현된 것을 보면 그 문기의 실체를 숨길 수 없다. 나는 천성이 소루하고 게을러서 진취할 뜻이 없기 때문에, 세상에 구하는 것도 없고, 사람에게 거슬릴 것도 없다. 하물며 시를 짓는 일에 더 무엇을 구하랴.

대개 시는 담담한 듯하지만 천박하지 않고, 아름다운 듯하지만 음란하지 않으며, 시의 안목을 세운 것이 진실로 원대하여 읽을수록 더욱 맛이 나니, 옛 스님들은 초연히 현묘한 시법을 깨달은 무리가 아니겠는가. 나는 항상 시가 사람의 마음을 황폐하게 한다고 경계하였는데, 시인은 뜻의 경지가 텅 비어 선을 수행하는데 큰 병통이 된다고 여긴다. 그래서 시 짓기를 즐겨하지 않고, 또 시문을 제대로 수습하지 못하여 버려지고 흩어진 것이 이미 적지 않다. 게다가 이른바 시가 사람을 궁하게 한다는 말은 당세에 알려지지 못하여 그 행적이 사라지는 것일 뿐이다.

　마음을 자맥질하여 터득함이 있는 것은 근본이 있는 시문이니, 덕은 없고 문장만 짓는 나 같은 사람과는 거의 한 부류가 되지 않을 것이다. 은미한 생각이 온축된 것에 대해서는 나의 얕은 소견으로는 미칠 수 있는 바가 아닌 점이 있으니, 후대의 안목을 기다린다. 지금 내 자취를 돌아보니 내 뜻을 잃은 지가 거의 반평생이다. 비로소 나의 옛집으로 돌아와 나의 참회록을 썼으나 아직도 지난 허물을 고치지 못해 땀이 흘러나와 등골을 적신다.

　아! 이제 졸고를 '초명암집'이라 제하여 펴내니 이백육십여 편이 수록되었다. 내 가슴이 두근거려 세상 사람들이 비웃을까 두려워 목 안이 간질간질하여 자주 침을 삼킨다. 다만 천박한 시권은 곧 침 뱉는 그릇일 뿐. 시는 곧 그 사람이라 이는 내 자신을 말한 것이니, 한번 보시고 한번 웃어 주시면 다행이노라. 오직 나는 이 서툴고 비루한 시집이 책벌레의 먹이나 장독의 덮개나 혹은 종이 이불 한 장이 되는 것을 면하지 못할 걸 원하노라.

　알겠는가.

　내 손과 부처님의 손
　똥 치우는 쓰레받기며 빗자루
　집어들자마자 문득 가버리니
　누가 앞이며 누가 뒤인가.

　내 다리와 당나귀 다리
　걸음걸음 밟아나가다가
　허공을 밟아버렸구나
　마음 내키는 대로.

불기 2564년 중추절, 방장산 초명암에서
원경 합장

목차

초명암집

蟭螟庵集

제1권

초명암집
蟭螟庵集

제2권

蟭螟庵集
초명암집

제1권

○ 憎書蠹　책 벌레를 미워해서

書癖化爲爾　글에 미친 네 놈이 변하여
食之亦甘旨　먹어치우고 달게 맛보는구나.
若知當食食　만약 먹어야 할 걸 알고 먹는다면
空字食無止　'공' 자나 그침 없이 먹어라.

○ 過廣德寺僧塔
—禪僧石坡入滅後散骨處

광덕사 승탑을 지나다가
—선승 석파가 입멸한 뒤 유골을 뿌린 곳이다

僧居靑山中　스님은 푸른 산에서 살았지만
僧去山不老　스님은 떠나고 산은 늙지 않았네.
客來無故人　나그네가 찾아왔으나 옛 친구 없어
回頭淚春艸　돌아보며 봄풀에 눈물짓누나.

○ 留別無相庵禪光　무상암 선광스님과 작별하며 남기다

楓林秋雨晩　저녁나절 단풍 숲에 가을비 내리니
花盡山紅綠　꽃은 다 지고 온 산은 붉고 푸르구나.
客去踏鍾聲　나그네가 종소리 밟고 가버리니
坐羨雲上鵠　앉아서 구름 탄 고니를 부러워하네.

○ 寓意　　　뜻을 부쳐

棋上百年客　바둑판 위에 백 년 손님
芥中萬里僧　겨자씨 안에 만 리 수행자.
吸盡虛空處　허공을 몽땅 마신 곳에
翻轉任騰騰　몸 바꾸어 마음대로 다니네.

○ 氷瀑　　　얼어붙은 폭포

水落忽變啞　물방울 지다가 홀연히 벙어리로 변해
冷聲黙氷壑　찬 물소리 묵묵히 얼어 벼랑이로다.
不見一點塵　한 점 티끌도 보이지 않아
無處虛空泊　허공조차 머물 데 없구나.

○ 淸信女求一偈　　청신녀가 한 게송을 구하기에

可笑騎牛子　우습구나, 소를 탄 사람이여
騎牛今覓牛　소를 타고서 지금 소를 찾는구나.
放禪望北斗　선정을 풀고 북두성 바라보니
虛空破碎流　허공이 깨져 흐르고 있네.

○ 山庵暮鐘　암자의 저녁 종소리

暗逐心溪水　마음 따라 시냇물 그윽이 좇아
孤尋山庵路　홀로 암자로 드는 길 찾아가네.
慇懃殘月輝　지는 달빛 은근히 길을 비추는데
已掛頂頭樹　어느새 산꼭대기 나무 위에 걸렸구나.

○ 無心吟　무심을 읊다

炎夏忘機坐　찌는 여름날 기심 잊고 앉아
赤身供於蚊　발가벗고 모기에게 공양을 올리네.
無妨僧入定　스님이 선정에 들어도 방해하지 않아
今夜掃一貧　오늘 밤 가난 한 점 쓸어버리네.

○ 賞春　봄을 감상하며

放禪尋幽逕　좌선을 풀고 그윽한 오솔길 찾아
獨步賞早春　홀로 거닐며 이른 봄을 감상하노라.
歸路香滿袖　돌아오는 길에 향기가 소맷자락에 가득해
蜂蝶近隨人　벌 나비들이 가까이 사람을 따르네.

○ 題修禪巖窟　수행하는 바위굴에 제하여

巖穴淸溪上　바위 구명은 맑은 시냇가에 있는데

嵐生碧蘿間　아지랑이가 푸른 넌출 사이에서 피어나네.
幽人寂無事　은거하는 사람은 일없이 고요하여
終日對銀山　종일 은빛 산 마주하고 있네.

○ 登細石平田望天王峯　세석평전에 올라 천왕봉을 바라보며

極目水墨揮　아득히 멀리 수묵화 그린 듯
力牛似方丈　힘센 소 같은 방장산이로구나.
相親曾有約　서로 친하여 일찍 기약이 있어
塵顏開浩蕩　티끌 찌든 낯을 펴니 호탕하구나.

○ 與淨行　정행에게

微笑相傳物　미소가 서로 한 물건을 전하니
無絃一古琴　줄이 없는 옛 거문고 하나로구나.
撫來雷電動　손으로 어루만지니 우레가 진동하고
香風吹佛音　향기로운 바람 부니 부처님 가락이로다.

○ 水鐘寺　수종사

一宿雲吉灣　운길산 물굽이에서 하룻밤 묵는데
河南指點間　하남 땅은 한 점 지척 간에 있구나.
江邑看一帶　강가 마을은 한 띠처럼 보이고
頭水掉雙鬟　두물머리는 쪽머리 쌍으로 흐르네.

○ 極目　　　　멀리 바라보다

極目生平事　　평생의 일 멀리 바라보다가
歸法稍欲煩　　바른 법에 돌아가자니 차츰 괴롭네.
衆禽爭托爪　　뭇 새는 발톱에 다투어 앉고
吾亦閉無門　　나 또한 문 없는 문을 닫았노라.

○ 絕筆　　　　절필

餘生修心在　　남은 생애는 마음 닦는데 두고
生滅任彼蒼　　살고 죽는 건 저 하늘에 맡겼네.
野僧今日慟　　시골 중이 오늘 통곡하노니
無面拜佛皇　　부처님을 뵐 면목조차 없구나.

○ 贈無名山人　이름 없는 스님에게 주다

頂上一竹箏　　정수리 끝에 한 줄기 대 쟁소리
足下千岩驚　　발 아래 온갖 바위가 놀라는구나.
雲水玉溪月　　옥처럼 맑은 달, 시냇가에 떠도는 스님
直聞擊竹聲　　곧장 대나무 치는 소리를 듣네.

○ 春興　　　　봄날 흥에 겨워

物外無榮枯　　사물 너머에는 성쇠가 없는데

壺中有別坊　호리병 속에는 별천지가 있구나.
微吟終佚夕　시를 읊으며 편안한 저녁 보내노니
未覺到曉岡　산등성이에 새벽 오는 줄 모르네.

○ 詠月印江　강에 비치는 달을 노래하다

最愛天心月　중천에 뜬 달이 가장 좋으니
容光塵世全　빛이 들 만한 티끌 세상 온전하여라.
能將一輪圓　둥그런 하나의 바퀴 같은 달빛으로
慧徹萬方川　온 세상 시내에 지혜가 통하네.

○ 聊坐聽松風　조용히 앉아 솔바람 소리를 듣고

松琴誰彈曲　솔 거문고 가락을 누가 타는지
春雨自奏絃　봄 비가 저절로 줄을 고르는구나.
耳聾何處遊　귀머거리는 어느 곳에서 노니는지
惟弄無色天　오직 무색천을 희롱하고 있을 뿐.

○ 落花　낙화

小席長深坐　작은 깔개에 오래 앉아 있으니
今春未見花　올봄은 꽃을 보지도 못하였구나.
幾虧經心月　얼마나 마음 스친 달이 이지러졌는지
初落涔淚花　처음 눈물 뚝뚝 지듯 꽃이 지네.

25

○ 雲住寺 臥佛 운주사 와불

長身覆雪衾　긴 몸뚱이는 눈 이불에 덮인 채
高臥雲住閣　구름 머무는 문설주에 높이 누웠구나.
微笑世間人　세상 사람들에게 빙긋 웃음 짓고는
無心露塵樂　무심하게 티끌 묻은 풍류를 즐기네.

○ 讀金剛經 금강경을 읽고

一卷無字經　글자 한 자 없는 경전 한 권
投棄火中皚　불 가운데 새하얗게 던져버렸네.
研鑽金剛經　금강경을 깊이 연구해보니
空華爛漫開　허공의 꽃만 어지럽게 피어났구나.

○ 霽月 맑게 갠 달밤

月明靈鷲山　영취산에 달이 밝으니
滿目卽天然　눈 가득 곧 천연 그대로인데.
佛光何殷勤　부처님 광명은 어찌나 은근한지
金言尤精研　가르침을 더욱 자세히 궁구하노라.
外物非我有　바깥 물건은 내 소유가 아니고
空中忽示蓮　허공 가운데 홀연히 연꽃이 보이니
無說破外徒　설하지 않고도 외도를 깨버리고
償月般若船　반야선을 타고 달을 즐기네.

○ 閑居蕉螟庵　초명암에서 한가로이 살며

庵伏小溪西　　암자는 작은 시내 서쪽에 엎드렸고
窮谷寄淸羸　　막다른 골짝에 깡마른 몸 맡기었구나.
洞僻花開晩　　고을이 외지니 꽃이 늦게 피고
山險日出遲　　산이 험하니 해가 더디게 떠오네.
溪舌吼無常　　계곡물은 무상하게 사자후 토하고
蔬荽抽移池　　푸성귀는 싹이 터서 못가로 뻗어가네.
此癖少人會　　이 버릇을 아는 이 얼마나 될까
嗜幽獨自怡　　그윽함을 즐기노니 홀로 기쁘구나.

○ 藏經閣　　　장경각

佛光浮萬棟　　부처의 광채 일만 용마루에 어리고
刻刀照千峰　　새긴 칼은 일천 봉우리를 비추네.
何在無字經　　글자 없는 경전은 어디 있는지
唯傳心法宗　　오직 심법의 종지를 전할 뿐.

三藏海閣閟　　삼장이 해인사 장경각에 비장되어
金言絳霞重　　금쪽같은 말씀은 온통 노을을 둘렀구나.
一夜文殊月　　하룻밤 문수봉에 달이 떠오르니
忽覺古閣松　　문득 옛 절의 소나무 보고 깨닫네.

○ 幽居　　　그윽이 살며

抱庵川幾曲　　암자 감싼 시냇물은 몇 굽이던가
入窓月絃流　　창에 들이치는 달빛에 거문고 가락 흐르네.
霜妬黃菊晚　　서리는 노란 국화가 늦게 피어 시샘하고
風娛丹楓稠　　바람은 붉은 단풍 질펀한 걸 희롱하네.

六境無人迹　　여섯 가지 경계는 인적조차 없고
五蘊皆空留　　다섯 가지 쌓임은 모두 공에 머무네.
箇裏無說者　　그 중에도 설하지 않은 것은
牽引穿鼻牛　　코뚜레 꿴 소를 끄는 일이지.

○ 挽淸華禪師　청화선사 만시

浮生大化中　　덧없는 생이 우주의 큰 변화로
起滅如醯鷄　　초파리처럼 생겼다가 사라지는구나.
蒙昧與正覺　　둔한 어리석음과 바른 깨달음은
參差皆不齊　　모두 들쭉날쭉하여 고르지 않네.

和尙何急去　　화상은 어찌 그리 급히 가셨는지
慧明牽心犀　　지혜는 밝아 마음의 무소를 길들였네.
題詩付歸僧　　돌아가는 스님 편에 시를 부치고는
仰視雲疾西　　빨리 흘러가는 서쪽 구름을 바라보네.

○ 病懷 　　　병중 회포

舊疾三冬臥　　겨우내 고질병에 앓아누웠더니
浮生幻影窮　　덧없이 허깨비 그림자로 그쳤구나.
心超世事外　　마음은 세상 밖으로 벗어나고
身老斷絕中　　몸은 모든 인연을 끊고 늙어가네.
遮照知難得　　선정과 지혜는 얻기 어려운데
淸貧心如空　　맑게 가난하니 마음은 허공과 같네.
牛上閒來往　　소를 타고 한가로이 오고 가노니
達磨振家風　　달마가 가풍을 떨치는구나.

*차조(遮照): 선정(禪定)과 지혜(智慧). 일체의 법을 피하고 공(空)에 들어가는 것을 차(遮)라
　　하고, 부처님의 법(法)에 의하여 의(義)를 살피는 것을 조(照)라 한다.

○ 我空觀 　　　아공관

微氣生九竅　　희미한 기가 아홉 구멍에 생기면
含元以內充　　원기를 머금어 속을 채우는구나.
誰知寄虛空　　누가 텅 빈 허공에 살고 있는지
生此無形中　　이 몸 형체가 없는 가운데 생겨났네.

日月遞光代　　해와 달이 번갈아 환하게 비치고
去來無迹明　　가고 오는 것은 흔적 없이 밝도다.
山中分所甘　　산에 사는 분수를 달갑게 여기니
一合天地情　　천지의 뜻에 하나로 합하였구나.

29

○ 赤貧　　　　적빈

自足安貧語　　스스로 안빈낙도 즐기려 했으나
貧來却未安　　가난 속에 처하니 편안하지 않네.
貧無卓錐地　　가난하여 송곳 꽂을 땅도 없더니
今貧無錐寬　　지금 가난은 송곳조차 없어졌구나.

靑蓮渾蕭颯　　푸른 연꽃이 도무지 쓸쓸하다만
經書摠汗漫　　경전은 모조리 너저분할 따름.
草庵籬下艾　　초암의 울타리 밑 저 쑥을 보게
好付野僧看　　차라리 시골 중 된 게 낫지 않은지.

○ 戲作 示禪光山人　희롱 삼아 지어 선광에게 보이다

欲知空性體　　공의 체성을 알고 싶은가
無自性故明　　스스로 성품이 없기에 밝도다.
離有無二邊　　있음과 없음의 양극단을 벗어나기에
故爲中道名　　그래서 중도라 이름하도다.

千江惟一月　　천 강에 비친 달빛은 하나의 달이고
萬竅本同聲　　만 구멍에서 나는 소리의 근본은 같네.
會得正覺路　　바른 깨달음의 길을 통한다면
何爭心濁淸　　어찌 마음이 흐리고 맑음을 다투랴.

○ 寄寓　　　　붙어살며

我寓無量寺　　이 몸 무량사에 더불어 살면서
獨占西客房　　홀로 서쪽 손님방을 차지하였네.
鈴鐸知金風　　풍경 소리에 가을바람 불어오니
客塵洗自涼　　객진이 씻겨나가 저절로 서늘하구나.

境寂有雅趣　　경계는 고즈넉하여 좋은 정취 있고
心空發妙香　　마음은 텅 비니 묘한 향기가 나네.
誰言吾蟭螟　　누가 나를 '초명'이라고 부르나
無容是一方　　어느 한 모서리도 용납할 데 없구나.

○ 鴨池浮萍
一人稱慶州八怪

안압지의 부평
一사람들이 말하길 '경주팔괴'라 한다.

俯仰成何事　　천지간에 무슨 일 벌어졌는지
浮沉笑此身　　뜨고 가라앉은 이 몸이 우습구나.
可憐蜉蝣客　　하루살이 나그네가 가련한데
何處作主人　　어느 곳에서 주인공이 되리오.

寤寐透話門　　자나 깨나 화두의 문을 뚫으며
安心任辛貧　　마음 편안함이야 매운 가난에 맡겼지.
潭風吹不盡　　못가에 바람 불어 그치지 않는데

愁殺白蘋春　　봄철 흰 마름은 시름을 안기네.

○ 居處　　　거처

一逕曲截境　　한 줄기 굽은 오솔길조차 끊어진 곳
危巖在陋扉　　위태로운 바위에 누추한 사립문이 있네.
雨罷山增綠　　비 그치니 산은 초록빛을 더하고
渺然江鳥飛　　아득한 강가에는 새가 날아오르네.

東林鸎啼節　　동쪽 숲에 꾀꼬리 지저귀는 계절
春筍紫添圍　　봄 죽순은 더욱 자줏빛을 둘렀구나.
獨立風竹裏　　댓잎 치는 바람을 맞으며 홀로 서니
蕭然趣浴沂　　호젓하게 기수에서 목욕하고 싶어라.

○ 馬耳山　　　마이산

碧鬣飛雲間　　푸른 말갈기는 구름 사이 날리고
馬聲似耳邊　　말 울음소리는 귓가에 들리는 듯하네.
天外落奇峯　　기이한 봉우리가 하늘 밖에 떨어졌는데
雙抽馬耳先　　우선 말의 귀처럼 짝이 되어 솟았구나.
萬古帶腰煙　　만고에 허리에다 연기 두르니
削出如石蓮　　돌로 깎아낸 연꽃인 듯하구나.
安得神鞭起　　어찌하면 신선의 채찍으로 일으켜
騎行無盡年　　올라타고 끝없는 세월을 돌아다닐까.

○ 無影塔　　　무영탑

古塔映心中　　옛 탑이 마음 한가운데 비치니
疎鐘出月光　　종소리 끊어질 듯 달빛을 뿜어내네.
冥濛嶂法雨　　산봉우리에는 법의 가랑비 적시는데
蕭颯一龕霜　　외진 법당에는 서리가 쓸쓸하구나.

塔何求無迹　　탑은 무얼 구하는지 자취가 없고
懸燈心梵香　　등불 달아놓고 마음에 향을 사르네.
未遊佛國賞　　불국사 유람을 다 하지 못했지만
寒衲笑客忙　　한미한 스님이 손님더러 바쁘다 웃네.

○ 山庵夕景
―壬辰年(2012) 未月, 與禪光無相庵宿數日而還

산속 암자의 저녁 풍경
―임진년 유월, 선광의 무상암에서 며칠간 머물다 돌아왔다.

晚出柴門外　　느지막이 사립문 밖을 나서니
佛頭迎我笑　　불두화가 웃으며 나를 맞이하네.
斂衽弄芳草　　옷매무새 가다듬고 방초를 희롱하다가
端坐聽風嘯　　단정히 앉아 바람 우는 소리를 듣네.
峯庵下斷壑　　봉우리 아래 암자는 끊어진 골짜기에 있고
泉響懸窟竅　　샘물 소리는 동굴 구멍에서 떨어지네.
夕陽鳥投樹　　해 질 무렵 새는 나무에 깃들고
蒼空入遐眺　　푸른 하늘이 어슴푸레 바라보이네.

禪風動僧裾　　선풍은 스님 옷자락을 흔들고
白雲起山嶠　　흰 구름은 높은 산에서 피어오르네.

○ 暴雪後
―在雪嶽山

폭설이 내린 뒤에
―설악산에 있을 때

洗眼知銀山　　눈 씻으니 산이 은빛인 걸 알고
脫衾覺北風　　이불 벗으니 찬 바람 부는 걸 아네.
得道何處任　　도를 얻은들 어느 곳에 보림하랴
不可量佛功　　부처님의 공은 헤아릴 수 없구나.

滿目色境空　　눈 가득 색의 경계는 공하고
藏身雪木中　　몸은 눈 덮인 나무 속에 숨었네.
危庵杳巒望　　높은 암자에 아득히 능선을 바라보니
法界底處同　　법계는 어느 곳인들 똑같구나.

*보림(保任): 선불교에서 깨달아 부처가 된 이후의 수행을 말한다. '보호임지(保護任持)'의
　　　　　　준말이며, '보임'이라고 읽지 않고 '보림'이라고 읽는다.

○ 夢中遊須彌山頂　　꿈속에 수미산 꼭대기에 노닐며

信足層雲外　　높은 구름 밖 발길 가는대로 걷다가

飛眉絶壑端　깊은 골짜기 끝에서 눈썹을 날리노라.
仰臨九山近　위로 우러러 아홉 산 가까운데 임하고
俯容八海寬　아래로는 여덟 바다 드넓은 걸 용납하였네.

落日金輪下　해는 대지 아래로 떨어져 지는데
旋風忉利寒　회오리바람은 도리천에 한기를 머금었네.
觀音遺佛乳　관음은 부처님 젖을 남긴 채
一去不曾歡　한번 가시니 아직도 기뻐하지 말라.

○ 古寺址有感　옛 절터에 느낌이 있어

廢寺凄空寂　절은 무너져 텅 비어 쓸쓸한데
雲水閑去來　한가로이 구름과 물이 오고 가네.
心中留何有　마음속에 무슨 일이 남아 있는지
片雪點蒼苔　한 송이 눈발이 푸른 이끼에 점을 찍네.

本色有名寺　본래 모습은 이름난 절이었는데
今空無染埃　지금은 텅 비어 물든 티끌도 없네.
一物先天生　한 물건이 하늘보다 먼저 생겼으니
萬法能眼開　만 가지 법이 능히 눈을 열었구나.

○ 贈禪光　선광에게 주다

寒露候已過　한로는 이미 훌쩍 지나갔는데
籬下菊添細　울타리 아래 국화는 더욱 노랗네.

感興秋氣涼	서늘한 가을 기운에 느낌이 일어
抱懷山水香	산수의 향기를 마음에 품었지.
忽有山友來	홀연 산에 사는 벗이 오니
與之法談長	더불어 오랫동안 법담을 나누었네.
言從地異山	지리산에서 왔다고 하는데
白頭幹南方	백두산 남쪽의 줄기라 하지.
吾有拙詩片	나에게 서툰 시 나부랭이가 있으니
竊欲胸襟藏	몰래 가슴속에 간직하고 싶었네.
蘭若極幽邃	암자는 아주 깊고 그윽하니
乃藏山中陽	바로 산속의 남쪽에 숨어있네.
願訪與僧偕	스님과 함께 찾아가고 싶은데
空山秋霜涼	빈 산에는 가을 서리 서늘하구나.

○ 自責　　스스로 꾸짖으며

愁心誰與語	이 시름 누구와 같이 얘기할까
端坐思難裁	단정히 앉으니 생각 어지러워라.
漏庵有籬菊	비 새는 암자 울타리에 국화 피어도
乞食無用才	밥 비는 재주는 도무지 쓸모없구나.
金光競媚嫵	금빛 꽃이 다투어 아리따운데
生滅豈無胎	나고 죽는데 어찌 싹이 없으랴.
無人肯見賞	보고 즐길 사람조차 없으니
花開亦悠哉	꽃이 피어나도 근심이로다.
一往不復廻	한번 가면 다시 돌아오지 못하니
白骨爲塵埃	백골이 티끌이 되는구나.
不耐去年過	지난해 허물 견디지 못했는데

那堪今年催　　올해도 빨리 지나가니 어이 감당하랴.
無常世間事　　세상 일은 한결같지 않아서
幽懷難自裁　　깊은 걱정 다스리기 어렵구나.

○ 心鏡　　　　마음의 거울

衆生同一化　　중생은 한가지로 같은 조화이지만
眞俗誰分境　　누가 진제와 속제의 경계를 나누었나.
一切唯心造　　모든 것은 오로지 마음이 지어내니
佛陀指路逕　　부처님께서 지름길을 가리켰도다.
胡迷路誤到　　어찌 미혹한 길로 잘못 이르러
舍此而取瞑　　이곳을 버려두고 어둠을 취하였나.
須打彼所好　　마땅히 저들이 좋아하는 것을 부수고
顧我佛說省　　부처님 가르침을 살피길 원하노니
一歸明大義　　하나로 돌아가 불법의 큰 뜻을 밝혀
庶使妄念醒　　망령된 마음을 일깨우길 바라노라.
至道透無門　　지극한 도는 문 없는 문을 뚫고 가니
有如無影鏡　　마치 그림자가 없는 거울과 같구나.
端坐三昧後　　단정히 앉아 한마음에 집중하고 나니
月汲井中影　　달이 우물 안 그림자를 길어 올리네.

○ 贈淨行
一秋夕路由南江上

정행에게 주다

—추석에 남강 가를 지나며

不遇知音伴	마음 알아주는 짝을 만나지 못해
抱絃淚自潜	가야금 줄 안고 절로 눈물만 주르륵.
秋山雲氣晴	가을 산에 구름 한 점 없는데
南江月光寒	남강에 달빛만 차가워라.
目前雖然近	눈 앞에 비록 이리도 가까운데
琴室易未還	가야금 방에는 쉽게 돌아오지 못하네.
平生無限情	평생 가진 무한한 정을
于今吐心肝	지금에야 속내를 깊이 토로하네.
二年相從遊	두 해 동안 서로 따르며 노닐었고
情意日篤艱	정의는 날마다 돈독하여 괴로워라.
吾今已老衰	나는 지금 이미 늙고 쇠하여
實爲孤寂關	실로 외롭고 적막하여 문을 닫았네.
異日願爾立	훗날 그대가 입신하길 바라노니
須登須彌山	모름지기 수미산을 오르시게.

○ 贈擬人驢年
—甲午年 是吾一周甲

사람을 본떠 당나귀 해에게 주다
—갑오년은 곧 나의 회갑이다

午年吾自在	말띠 해에 나는 거리낌 없이 사니
地支中無驢	십이 지지 중에 당나귀 띠는 없구나.
小窓下看經	작은 창가 아래서 경전을 보는데

蜂子出窓紙	벌이 창호지를 뚫고 나가려하네.
宇宙許廣闊	우주는 넓고 툭 트여 허락하지만
不肯出他好	다른 데로 나가면 좋다는 생각도 않네.
鑽他故紙後	저 옛 종이에 머리 골몰하고 나서
驢年去得初	당나귀 해에야 비로소 나가겠구나.
地獄若天霽	지옥에 만약 하늘이 맑게 갠다면
玉羽飜心舒	옥 같은 나래 치며 마음 느긋하리라.
機心元共忘	너와 나 본래 함께 기심을 잊었으니
閑趣在無譽	칭찬하지 않아도 한가로운 정취가 있지.
塵世日遊戲	티끌세상에 나날이 노닐며 지내다가
驢年脫吾廬	당나귀 해에는 내 오두막을 벗어나리라.

*여년(驢年): 당나귀 해. 12지지에는 당나귀 띠가 없다. 그래서 흔히 선종어록에서는 도저
히 돌아올 기한이 없는 시절을 상징한다. 『경덕전등록』, 제9권, 복주 고령 신
찬선사 조에 보인다. "은사가 어느 날 창 밑에서 경을 읽는데 벌이 들어왔다
가 창호지에 부딪치면서 나가려고 하였다. 대사가 이를 보고 말하였다. '세계
가 저처럼 넓은데 나가려 하지 않고 창호지만 두드리고 있으니, 나귀 해에나
나가겠군.'" 其師又一日在窓下看經 蜂子投窓紙求出 師睹之曰 世界如許廣
闊不肯出 鑽他故紙驢年去得.

○ 漫行　　　　만행

步步又步步	걸음, 걸음, 또 걸음, 걸음
十里又十里	십 리 또 십 리를 가노라.
行行又行行	가고, 가고 또 가고, 가니
百里又百里	백 리 또 백 리를 가는구나.

寺近碧溪上　절은 근처 푸른 시내 위에 있고
夕陽春風止　해 저물자 봄바람이 그쳤구나.
小路不逢人　작은 길에 사람은 만나지 못하고
江洲鷺影邇　강가 섬에는 해오라기 그림자가 가깝네.
野席返照悔　들판에 앉아 지난 잘못을 생각하고
獨行吟山水　홀로 거닐면서 산수를 읊고 있네.
鳴蟬晚跌蕩　저물어 매미 울음 질펀한데
隔音汝知否　소리 너머 넌 아는가 모르는가.
入定枯楂上　마른 등걸 위에 앉아 선정에 드니
何處山是水　어느 곳이 산인지 물인지.
定中松子落　좌선 중에 솔방울 툭, 떨어지니
滿空爽氣喜　허공 가득 상쾌한 기운을 즐기노라.

*회(悔): 범어로 kauktya. 부정지법(不定地法)의 하나. 심소(心所)의 이름. 자기가 한 짓을
　　뉘우치는 정신 작용. 악작(惡作)과 같음.

○ 秋日 山中日記
─走筆

가을날 산중일기
─재빨리 짓다

曉步小庵出　새벽에 작은 암자에서 걸어 나와
暮坐矗巖麓　저녁에 뾰쪽한 산기슭에서 좌선하고
沃吹無孔笛　물가 언덕에서 구멍 없는 피리 불다
陵彈無絃曲　산언덕에서 줄 없는 곡조를 타노라.

斷霞佛背照	끊어진 노을은 부처님 등을 비추고
片月汚心浴	조각달은 더러운 마음을 씻는구나.
蓮柄已辭榮	연 줄기는 이미 시들어졌고
黃菊方仆束	누런 국화는 바야흐로 기울어져 묶였네.
林蚊亦不鳴	숲에 모기도 앵앵거리지 않으니
茅庵日無欲	초암에는 날마다 바라는 게 없구나.
幸有一卷經	다행히 한 권 경전이 있으니
獨誦加精促	홀로 외우며 부지런히 채근하네.
寄傲任運身	멋대로 스스로 흐름에 몸 맡기니
淸氣繞幽燭	그윽한 등불에 맑은 기운이 서리네.
陋屋纔容膝	누추한 집은 겨우 무릎 들일만 하고
斷人與雲屬	사람마저 끊기니 구름과 벗하네.
無師法擧量	더불어 불법을 물을 스승도 없으니
探默金剛矚	고요히 금강경을 보며 탐구하네.
雅趣無人會	우아한 흥취 알아주는 이 없어도
獨立願知足	홀로 서서 내 족한 줄 아노라.

○ 贈影
─見東文選 以次韻

余棲山中庵 竟日無人過 數日掩柴扉 寂寥無與語, 獨專一禪定 唯影也刹那不
我違 爲可愛也 作詩以贈

그림자에게 주다
─동문선에 보이기에 운을 빌려

내가 산중 암자에 깃드니 온종일 지나는 사람 없고 며칠이나 사립짝 닫아 함께 얘기조차 나누지 못하고 홀로 오로지 선정에 들었다. 오직 그림자만 나를 찰나도 떠나지 않으니, 어여삐 여겨서 그림자에게 시를 지어 준다.

我愛我之影	나는 내 그림자가 어여쁜데
我定影亦靜	내가 선정에 드니 그림자도 고요하네.
無我卽無影	내가 없으면 곧 그림자도 없고
有我影一相	내가 있으면 그림자도 한 모습이네.
有我使滅影	내가 있어도 그림자를 지우려 하는데
有術吾未覺	나는 그 방법을 깨닫지 못하네.
衆言若惡影	사람들이 말하기를 그림자가 밉거든
入陰庶可離	그늘에 들면 떼어버릴 수 있다고 하지.
陰亦色之影	그늘 또한 어떤 물건의 그림자라
色卽空更癡	'색이 곧 공'이란 말 또한 어리석도다.
物我苟一如	물건이나 내가 진실로 하나라면
陰影復在空	그늘과 그림자는 허공에 있는 법이지.
無我亦無色	나도 없고 또 물건도 없다면
陰影安脫施	어찌 그늘과 그림자를 벗어나 베풀까.
笑指我問影	내 웃으며 가리키며, 그림자에게 물어보니
影終無一言	그림자는 마침내 한마디 말도 없네.
有如達摩壁	마치 달마대사가 마주한 벽 같지만
默默入深定	묵묵히 깊은 선정에 들었구나.
凡我所作過	무릇 내가 지은 모든 허물을
一體從效爲	그림자는 하나같이 따라 똑같이 하네.
唯我頗絕言	다만 나는 말을 끊어버렸는데
幸影可寫斯	요행히 그림자가 이걸 따라 하네.
影也豈不啞	그림자는 어찌 벙어리가 아닌지

42

言是身之斧   말은 곧 몸을 찍는 도끼라고
猶非影效我   오히려 그림자가 날 본받을 게 아니라
我今影爲師   이제 내가 그림자를 스승 삼아야 하리라.

○ 南沙所見   남사 소견

泗水流不盡   사수에 흐르는 시냇물은 끝없고
碧嶂露出臍   푸른 산은 배꼽을 드러냈구나.
綠岸桃花發   푸르른 언덕에 복숭아꽃 피었는데
何人敢笑睽   어느 누가 사팔눈을 비웃는가.
雨後過喧市   비 갠 뒤 시끌벅적한 저자를 지나니
腥血洒路蹊   비린 피가 길가에 가득하구나.
羽毛紛滿隅   구석에는 털이 가득 흩어져있고
忽見鷄烹刲   문득 바라보니 닭을 갈라 삶고 있네.
檐下一沈吟   처마 밑에서 시 한 수 읊으니
始覺心惻悽   비로소 측은한 마음이 드는구나.
鳥獸及魚貝   새나 짐승, 물고기와 조개도
憎死與人齊   사람과 같이 죽기는 싫으리라.
力微不能抗   힘이 미약해서 막지 못하니
寃叫烹鍋兮   원통히 울부짖다 솥에 삶아졌구나.
誰言蟲鷄戒   누가 벌레와 닭을 경계하였나
得失莫論兮   득실을 따지지 말지어다.
佛門有戒律   불가에서는 계율이 있으니
不殺生戒兮   산 목숨을 죽이지 않는다네.
衆生卽平等   뭇 생명은 곧 평등하나니
有命不殺兮   목숨이 있거든 죽이지 말지어다.

43

祈福濟羣蟻	개미 떼가 건너가게 복을 빌어주고
仁懷縱小麑	어진 마음에 작은 사슴을 풀어주네.
杜老縛雞詩	두보 노인이 닭 묶은 시를 지었으니
平素亦有稽	평소에 헤아려 생각해 볼지어다.
素食而長壽	소박하게 먹는 게 오래 살고
兼修莫昏迷	수행을 겸하니 미혹하지 말아야지.
此後啖菜羹	이제부터 나물국이나 먹고자 하니
葵綠滿近畦	근처 밭둑에는 푸성귀가 가득하구나.

*충계(蟲雞): 벌레와 닭이 다른 처지에 있기에 따질 수 없는 사소한 득실을 말한다. 두보(杜甫)의 '박계행(縛雞行)' 시에, "하인이 닭을 묶어 시장으로 팔러 가니, 묶인 닭이 서로 다투어 떠들어대네. 집에서는 닭이 벌레 잡아먹는 걸 싫어하고, 닭도 팔리면 삶길 것을 알지 못하네. 벌레와 닭이 사람에게 무슨 득실이 있으랴, 나는 종을 꾸짖어 묶은 닭을 풀게 하였네. 닭과 벌레의 득실은 끝날 때가 없으니, 찬 강물 굽어보며 산속 누각에 기대어있노라. 小奴縛雞向市賣 雞被縛急相喧爭. 家中厭雞食蟲蟻 不知雞賣還遭烹. 蟲雞於人何厚薄 吾叱奴人解其縛. 雞蟲得失無了時 注目寒江倚山閣."라 하였다.

○ 金翅鳥　　　금시조

大空飛奇鳥	큰 허공에 기이한 새 나니
人稱迦樓羅	사람들이 '가루라'라 부르네.
半人或半鳥	반은 사람이고 반은 새인데
飛往金剛輪	금강법륜 구르는 산으로 날아가서
毒氣噴吐發	독기를 뿜고 토해내어
全身自焚後	온몸을 스스로 태워버리고
只剩琉璃心	유리와 같은 마음만 남았구나.

傳說取食龍	전설에 용을 잡아먹고
鳴捿須彌山	수미산에 울며 깃들어 살아
四天大樹上	사천왕의 큰 나무 위에서
威伏皆外道	위엄으로 모든 외도를 굴복시키는
金色八部衆	금빛 팔부신중이라네.
骨肉盡命終	뼈와 살이 다하여 목숨 끝나도
唯一心不壞	오직 한 마음 무너지지 않고
圓光照四維	원만한 빛이 사방에 비추니
心王得寶珠	마음의 왕이 보배 구슬을 얻어
能破億劫暗	억겁 되는 어둠을 깨부수고
轉輪得如意	바퀴를 굴려 마음대로 하네.
能救一切苦	일체의 괴로움을 구하니
爾定眞菩薩	너는 반드시 참된 보살이로다.
如何在人中	어찌하여 인간 세상에서
日用而不見	날마다 쓰면서도 보지 못하는지.
禪窓終夜坐	선방 창가에 밤새도록 앉아
聞此焉不愧	이 소리 들으면 부끄럽지 않으랴.
打破空出骨	허공을 깨버리니 뼈가 드러나고
發光電作雷	빛이 비치자 번개는 우레를 치네.
問我何家風	내 집 가풍이 어떠냐고 묻는다면
去住兩無妨	가고 머무는데 꺼리지 않네.

○ 訪無相庵不遇
—散調奪格卽吟

무상암을 찾아갔으나 만나지 못해
—허튼 가락으로 격을 벗어나 즉시 노래하다

紫霞依微下	자줏빛 노을 아스라이 두르고
君庵若箇邊	그대의 암자는 어디에 있는지
躡險穿雲林	험한 산, 구름 낀 숲을 뚫고서
尋幽步石逕	그윽한 곳을 찾아 오솔길 걸어가네.
深山嵐氣漲	깊은 산에는 이내가 뻗어있고
溪水洗紅塵	시냇물은 세상 티끌을 씻어주네.
水聲自眞聲	물소리는 저절로 제 목소리를 내니
莫道宮與商	궁음이니, 상음이니 따지지 말게.
花花自相對	꽃과 꽃은 서로 마주 대하고
葉葉自相應	잎과 잎은 또한 서로 응하네.
俯窺小嬌杏	자그마한 어여쁜 살구꽃 굽어보니
未覺身勝影	진짜 꽃이 그림자만 못한 듯한데
踏花香滿襟	꽃 지려 밟고 가니 옷깃에 향기가 가득
石泉冷侵身	바위 샘, 찬 기운은 몸에 스미네.
招悵尋道伴	섭섭하게도 도반을 찾았으나
採藥去不遇	약초 캐러 가서 만나지 못하고
香風松花飛	향기로운 바람에 송홧가루 날리는데
醉山獨自歸	산에 취하여 제 홀로 돌아오노라.
無心欲求量	무심하게 법거량이나 하자 했더니
道程有閒樂	길 가는 중에 한가로운 즐거움이 있네.
欲求菩提道	보리의 도를 구하고자 하면

飽食胡餅請　호떡이나 실컷 먹어라고 할 걸,
板齒知我意　넓적한 앞니, 내가 그 뜻을 아니
毛生裏眞景　참다운 모습 안에 털이 돋아났구나.
佛語心爲宗　부처님께서는 마음을 종으로 삼고
無門爲法門　문 없는 문을 법에 드는 문으로 삼았네.
石女生石兒　돌 여인이 돌 아이를 낳고
龜毛數寸長　거북이 털이 조금 자라나니
如世有良醫　세상에 훌륭한 의사가 있듯이
以妙藥救病　묘한 약으로 치료하는 것 같네.
碎佛祖玄關　부처와 조사의 현묘한 진리를 부수고
瞎人天眼目　애꾸눈이 인천의 안목을 여네.

○ 一物賦　　한 물건

幽人寂無事　숨어 사는 이 고요히 일 없고
竹窓引微風　대나무 창에 산들바람 불어오네.
本來天眞佛　본래부터 천진한 부처는
髼髵若蒼空　푸른 하늘과 같아서
一切眞如性　일체가 진여의 성품인데
步步處處空　걸음걸음 곳곳마다 허공이어라.
心頭忽一動　마음이 홀연히 한번 움직이면
圓覺在其中　원만한 깨달음이 그 가운데 있네.
本來眞面目　본래부터 참다운 면목은
金風體露空　가을바람이 허공에 몸 드러내고
體用圓融合　체와 용이 어울려 합하니
華嚴入芥中　화엄은 겨자씨 안에 들어갔도다.

色卽色非色	색은 곧 색인데 색이 아니고
空卽空非空	공은 곧 공인데 공이 아니네.
徧在周法界	법계에 두루 있어도
收斂一塵中	티끌 하나 속에 거두어들이네.
僧房雖本靜	스님 방은 본래 고요하지만
入定轉心通	선정에 드니 마음이 환히 비치네.
一相影現中	한 가지 모습 안에 그림자 나타나고
獨露萬相中	홀로 만 가지 모습 속에 드러나네.
雨聲遞蟬聲	비 내리는 소리가 매미 소리로 바뀌자
松籟聞曉風	새벽바람 불어 솔바람 소리 들리네.
永日閉東窓	긴 하루 동안 동창은 닫아놓고
無心弄虛空	무심히 허공을 희롱하노라.
靈知一介空	신령한 앎도 한갓 공 하니
寂照一心佛	한마음의 부처를 고요히 비추네.
生卽滅無常	나고 죽음이 한결같아 무상하니
吾唯懷一物	내 오직 한 물건을 품고 있네.
修禪斷人我	선 수행에 나와 너 분별을 끊어
心與虛空廓	마음은 허공처럼 툭 트이니
物亦勝不得	물건이 또한 이기지 못하지만
虛空不勝卻	허공도 물건을 물리치지 못하네.
不加不可減	더할 수도 덜 수도 없고
不與不可奪	줄 수도 빼앗을 수도 없지.
只吾甘赤貧	나는 지독한 가난 달갑게 여겨
唯依一衣鉢	오직 한 벌 옷과 바리때로 사네.
只施大慈悲	다만 큰 자비를 베풀 뿐
誓願菩薩道	보살도 이루길 서원하노라.
冲漠中一物	고요한 가운데 한 물건 있는데
何處索佛寶	어디에서 부처를 찾는가.

○ 述懷 八首
─十數年前 落鄉移居 山村丹城南沙里 居然今五年走筆述懷

술회, 여덟 수
─십수 년 전, 낙향하여 산촌인 단성 남사리로 옮겨와 사는데 이제 다섯 해가 되니 빠르게 회포를 적는다.

余老好佛道	나 늙어 불도를 좋아하여도
不挽白牛牽	흰 소를 끌어당기지 않는다네.
精心古師訓	옛 조사 가르침에 정성스러운 마음으로
自在日乾乾	날마다 얽매지 않고 부지런하였지.

一看徒趨塗	무리들 달려가는 진창길 한번 보고
黙若泥滓然	말없이 진흙 찌꺼기처럼 여겼다네.
考槃今江阿	이제 강 언덕에 숨어 살 곳을 마련하고
永矢卜終焉	복거하여 마치리라 길이 맹세하였네.

*고반(考槃): 은자(隱者)가 은거할 집을 마련했다는 뜻으로 숨어 살며 산수를 즐기는 것을 말함. 『시경(詩經)』, 위풍(衛風) 고반(考槃)편 집주에 "고(考)는 이룬다는 뜻이고, 반(槃)은 머뭇거려 멀리 떠나지 않는 모양이니 은거할 집을 이룬다는 말이다. 考成也 槃盤桓之意 言成其隱處之室也"라고 하였다.

○ 其二   두 번째

慧能秉直道	혜능이 곧은 도를 지켰으니
偈頌今猶記	게송을 지금까지도 기억하네.

菩提本無樹　보리는 본래 형상이 없다는데
那得免顚躓　어찌 낭패를 면할 수 있는가.

矧我昧空性　하물며 나는 공의 이치에 어두워
江湖任疎意　강호에서 뜻대로 맡기고 지낸다네.
本來無一物　본래 한 물건도 없는데
何處惹塵事　어느 곳에 티끌이 일어나리오.

○ 其三　세 번째

老去一身羸　늙어감에 이 한 몸 비쩍 마르고
時俗百憂集　세상이 속되니 온갖 근심 모였네.
三毒如焱發　삼독은 불꽃 활활 치솟는 듯하니
誰能鎭火汲　누가 물을 대어 불을 끌 수 있으랴.

修心固宜爾　마음 닦는 일은 진실로 이와 같아야 하니
不厭師法襲　스승의 법을 잇는 게 싫지 않다오.
巉巖靈鷲峰　깎아지른 바위산 영취산 봉우리
金色猶堪挹　금빛이 오히려 취할 만하여라.

○ 其四　네 번째

心絕窮寂甚　마음 끊기니 몹시 외지고 적적해
深居閉小窓　깊이 들어앉아 작은 창마저 닫았네.
人跡亦絕稀　사람의 자취 또한 끊기고 드문데

況望聞人跫　하물며 사람 발자국 소리 듣길 바라랴.

出門不見路　문을 나서도 갈 곳이 없어
羸影與爲雙　여윈 그림자와 함께 짝이 되었네.
歲寒夜正長　추운 계절에 밤은 참으로 긴데
亂雪打心梛　눈발은 어지러이 마음의 목탁을 치네.

○ 其五　다섯 번째

兩邊會變分　양변은 모였다가 나누어져도
中道當歸一　중도는 마땅히 하나로 돌아가네.
世亂無道獄　세상은 어지러워 도가 없는 지옥인데
何得安心慄　어찌 마음 편함 얻는 걸 두려워하랴.

處靜入定時　고즈넉이 머물며 선정에 들 때
於我無我失　나에게 내가 없다는 법조차 잃었네.
世尊垂後範　세존의 가르침이 후세에 모범이 되니
千載正覺日　천년 세월 바르게 깨달은 날이로다.

○ 其六　여섯 번째

世間幾道喪　세상에는 거의 도가 사라졌으니
不昧惟一心　어둡지 않은 것은 오직 한 마음뿐.
慈悲固有通　자비는 참으로 남아 통함이 있고
報施自古今　보시는 예나 지금이나 한결같구나.

三寶雖貶譽　　비록 삼보를 기리다 내치기도 하지만
陽中有懷陰　　양기 중에는 음기를 품고 있는 법이지.
銀山鐵壁上　　뚫고 오르기 어려운 은산 철벽 위에
允爲禪人欽　　참으로 참선하는 이가 존경을 받네.

○ 其七　　　일곱 번째

我非供世才　　난 세상에 쓰일 만한 재주가 없어
志在耕心圃　　뜻이야 마음 밭을 가는 데다 두었지.
只今優多老　　이제 다만 근심 많은 늙은이일 뿐
久念佛淨土　　오랫동안 불국 정토를 생각하였다네.

早搜尋白牛　　일찍이 흰 소를 찾아 헤맸는데
曾未一物吐　　아직도 한 물건은 토하지 못하네.
世事不如意　　세상일 뜻대로 되지 않으니
焉能生死舞　　어찌 능히 생사의 춤을 추랴.

*백우(白牛): 심우도에서 자신의 성품을 보았다 할지라도 백우가 될 때까지 끊임없는 닦
　　　음이 있어야 하고, 백우가 되었어도 다시 발심하여 보살행을 하여야 한다.

○ 其八　　　여덟 번째

自我方外隔　　내가 외진 방외인이 된 뒤로
于今死命年　　지금껏 죽은 목숨으로 살았노라.

顔容骸骨悴　　얼굴 생김새는 해골처럼 초췌하고
疾病膿瘡纏　　질병은 고름과 부스럼으로 문드러졌네.

人心遞轉輪　　인심은 돌아가는 바퀴처럼 구르고
煩惱劇奔川　　번뇌는 달리는 냇물보다도 빠르구나.
幾多失外牽　　외물에 마음 끌려 잃은 게 많다만
聊修禪幽挻　　애오라지 그윽하게 긴 선정에 들 뿐.

○ 聽雨卽事　　빗소리를 듣고 즉시 짓다

聽雨思耕心田　　빗소리에 마음 밭 갈 걸 생각하니
我今釋家野戎　　나는 지금 석가의 시골 오랑캐로다.
當時少年紅顔　　그 옛날 앳된 소년이던 시절에는
傲世擬古英雄　　세상 깔보며 옛 영웅과 견주곤 했지.

○ 晴後卽事　　비 갠 뒤 즉시 읊다

雨後碧溪如洗　　비 온 뒤에 푸른 시내는 씻은 듯
風來小窓微涼　　바람 불자 작은 창이 자못 서늘하네.
茅庵數間日永　　띠로 엮은 암자 두어 칸에 해는 긴데
蒼穹百里虹長　　무지개가 높은 하늘 백 리나 뻗었네.

○ 炎蒸中示門徒　　찌는 더위에 문도에게 보여주다

山光水色對影　　산 빛과 물 빛깔 그림자와 짝하고
松風竹陰淡交　　솔바람과 대나무 그늘 담박하게 주고받네.
盛夏苦膠炎熱　　한여름 찌는 더위 끈끈해서 괴로운데
煩抱鬱鬱難捎　　귀찮고 답답함을 없애기도 어렵구나.
猶導困於炎熱　　비록 불타는 무더위에 괴롭더라도
寧思斛水藏蛟　　한 섬 물에 숨은 교룡을 생각하게.

○ 無碍舞　　걸림 없이 추는 춤

主人公騎鯨游　　주인공이 고래를 타고 노니는데
此境本無春秋　　이 경계에는 본래 봄가을이 없네.
何人今刳鯨腹　　어느 누가 지금 고래 배를 갈랐는지
唯棄己自永休　　오직 자기를 버리고 길이 쉬는구나.
明月碧空千載　　푸른 하늘에 밝은 달 뜨고 천년이라
老僧鼓杖良久　　노승이 주장자를 치고 꽤 오래되었구나.
禪風發揮精光　　선의 기풍이 지극한 광채를 비추니
惚怳瞥如電收　　갑자기 황홀하여 번개같이 거두었네.

○ 戲贈石坡山人
—宿無量寺示住持

석파스님에게 희롱 삼아 주다
—무량사에 묵으며 주지에게 보이다

54

千擾塵俗一似籠　　시끄러운 티끌 세상은 새장 같은데
萬壽山中隱逸風　　만수산 한가운데 은일한 풍모가 있네.
騎驢覓驢何向去　　나귀 타고 나귀 찾아 어디로 가시는지.
辟穀常寂一光中　　곡기 끊고 한줄기 빛 안에 늘 고요하구나.

○ 贈石彌勒　　돌미륵에게 주다

蒼苔彌勒彈奏琴　　푸른 이끼 안고 미륵이 거문고를 타니
憐渠洞口聞佛音　　어여뻐라, 동구에서 부처님 음성을 듣는구나.
千劫風磨猶兀立　　천 겁을 바람에 삭아도 그대로 우뚝 서니
懸空磨斧今作針　　허공에 매달려 도끼 갈아 지금 바늘을 만들었네.

○ 示門徒　　문도에게 보이다

捲簾目前多靑山　　주렴 걷으니 눈 앞에 청산이 즐비한데
何恨浮萍孤閉關　　홀로 문 닫으니 어찌 부평초 신세를 한탄하랴.
萬物壞滅一把空　　만물은 한 줌 공으로 사라지고 마는 걸
我與雲分庵半間　　나는 구름과 암자를 반 칸씩 나누었네.

○ 贈蛛禪子　　거미에게 주다

簷下蛛公如解圍　　처마 밑에 거미는 주변을 아는지 모르는지
素絲結網强當扉　　하얀 실로 무작정 문간에 줄을 치는구나.

我欲戲請蛛禪子　　나는 장난스레 거미 선자에게 청하노니
坐禪修行爲佛歸　　좌선 수행하여 부처가 되어 돌아가시게나.

○ 過廢寺　　버려진 절을 지나며

古寺累年蕭條增　　옛 절은 세월 흘러 더욱 을씨년스러운데
再來不復見殘僧　　다시 찾아오니 남은 스님은 보이지 않구나.
香燭寂寂凝塵滿　　향초에는 적막한 먼지만 가득 엉기었으니
何必劫火燒佛燈　　어찌 꼭 겁화가 부처님 등불을 태운다 하리오.

○ 七仙溪谷　　칠선계곡

禪客何處不宜居　　선승이 어디에 살아간들 살지 못하랴
頓覺無常卽有餘　　무상함을 곧장 깨달으면 남음이 있으리라.
無盡江山周遊後　　끝도 없는 강산을 두루 노닐고 보니
體露秋色掃襟裾　　몸 드러낸 가을빛이 마음마저 씻어주네.

○ 絕景　　절경

千丈崖雪瀑水舂　　천 길 벼랑에 눈 폭포가 방아를 찧어
忽作飛花被柏松　　홀연히 잣나무 소나무에 꽃이 되어 날리네.
山屛點筆仍題句　　그저 산 병풍에다 붓 들어 시를 쓰노니
誰敢言說湧魚龍　　누가 감히 솟구치는 어룡을 말하는가.

○ 到故鄕　　고향에 이르러

一宿禪房到方丈　　선방에 하루 묵고 방장산에 이르니
古松流水皆浩蕩　　옛 솔과 흐르는 물 두루 호탕하구나.
德山洞裏千花開　　덕산동 안에 꽃나무 천 그루 피어나고
時有九曲狗吠聲　　때로 구곡산에 개 짖는 소리 들리네.

○ 旅店愚答　　여관에서 어리석은 대답하다

主人休問句中玄　　주인은 말이 끊어진 도리를 묻지 마소
野僧從來不會禪　　시골 중이야 원래 선은 알지 못한다오.
欲識山中閑居味　　산중에 한가로이 사는 맛을 알고 싶은가
只飢喫飯困斯眠　　배고프면 밥 먹고 피곤하면 잔다네.

*구중현(句中玄): 언어로 표현되기는 하나 말과 생각의 길이 끊어진 도리나 화두(話頭)로
　　　　임제선사가 말한 '말귀 가운데 현묘함(句中玄)'을 가리킨다.

○ 寄法萬和尙　　법만화상께 부치다

霜寒碧空野菊開　　서리 찬 푸른 하늘가 들국화 피는데
相思未謁又淚催　　그리워도 뵙지 못하고 또 눈물 재촉하네.
窮山秋夕稀消息　　궁벽한 산골, 추석에 소식은 드물고
唯事詩軸去復來　　오직 하는 일은 오고 가는 시축뿐.

○ 謹呈月下堂　　월하당께 삼가 올리다

丈夫一委尊佛音　　장부가 높은 부처님 음성에 몸 맡기면
刃割五內不易心　　오장을 칼로 베어도 마음은 바꾸지 않네.
況乎世間伊麼苦　　하물며 이 세간이야 이처럼 괴로운데
誰彈獨抱無弦琴　　누가 줄 없는 거문고 홀로 안고 타는지.

○ 幽夜吟　　　그윽한 밤에 읊다

終日忘機坐禪中　　종일 기미조차 잊고 좌선 중인데
夜來不識夜省躬　　밤 깊어도 밤인 줄 모르고 몸을 살피네.
杜鵑嫌僧似木鷄　　두견새는 스님이 목계 같아 싫은지
窓外頻喚主人翁　　창 밖에서 자주 주인 늙은이를 부르네.

*목계(木鷄): 나무로 만든 닭. 덕이 잘 갖추어져 외부의 자극에 일체 반응하지 않아 겉으로
바보스럽게 보이는 모양을 말한다. 『장자(莊子)』, 달생(達生) 편.

○ 悟道頌　　　오도송

泉石膏肓秀孤松　　산수풍경 좋아하여 홀로 수려한 소나무
更有閑境聽僧鍾　　절간의 종소리 듣는 한가로운 경지가 있네.
卽今魔障行世間　　오늘날 마군의 장애가 세간에 횡행하는데
偃臥吾登靈鷲峰　　엎어진 내가 영취산 봉우리에 올랐구나.

○ 涅槃頌　　　열반송

山中古塔自苔嵬　　산중 옛 탑은 저절로 이끼도 허망한데
空裏禪光露中回　　허공에 선의 광채 그 가운데 빙 둘렀구나.
今日一指生死路　　오늘 한 손가락으로 생사의 길 가리키니
開眼突出地獄來　　눈 열자, 지옥이 불쑥 드러나서 오도다.

○ 別母　　　어머님과 이별하며

暮逢曉別未留連　　저물어 뵙고 새벽에 헤어져 묵지 못하니
母子相携淚似泉　　모자가 서로 이끌며 샘처럼 눈물 흘리네.
出家不孝誰道人　　출가한 불효자를 누가 사람이라 말하나
不知何敢報恩天　　어느 하늘에 그 은혜 보답할지 모르겠네.

○ 般若心經吟　　　반야심경을 읊다

二百七十字意尋　　이백칠십 글자의 뜻을 찾아보니
莫將色空二別心　　색과 공, 그 마음 둘이라 분별하지 마라.
只從發處爲名異　　다만 말하는 곳 따라 이름 달리했을 뿐
微著佛心指意深　　부처의 마음 은근히 드러내는 뜻이 깊네.

○ 宿羽客窟夜話　　　우객의 굴에 묵으며 밤새워 이야기하다

久入漆窟不出山　　오래 깜깜한 굴에 들어 산을 나오지 않고

斷緣空寂玉骨閒　　인연을 끊으니 고요해 옥 같은 몸 한가롭네.
吸風飲露談眞趣　　바람과 이슬 마시며 참된 아취를 얘기하다
筆路斯塞夜已闌　　붓이 가다가 막히니 밤이 이미 깊었구나.

*우객(羽客): 신선. 도인.

○ 隱居　　　숨어 살며

隱居蘭若閉門時　　숨어 사느라 암자 문 닫은 때
鳴葉催人睡覺遲　　잎새 울어 늦잠 깨라 재촉하네.
室如懸磬無一事　　집안은 비어 가난해도 일 없으니
隔窓寒雪孤題詩　　창 너머 찬 눈 내리니 홀로 시 짓네.

○ 尋訪禪僧不遇有感　　선승을 찾았으나 만나지 못해 감회가 있어

春懷無賴尋無軒　　봄 회포 풀 길 없어 추녀 없는 암자 찾으니
僧留幽香入無門　　스님은 그윽한 향기만 남기고 무문관에 들었네.
獨歸研盡無生話　　홀로 돌아오며 무생화를 끝없이 궁구하니
吾不離空日欲昏　　난 허공을 여의지 않는데 저녁놀 지는구나.

*무생화(無生話): 생성도 없고 소멸도 없는 열반에 관한 이야기.

○ 送石坡歸飛來寺　비래사로 돌아가는 석파를 보내며

殘燈覓句信毫揮　가물대는 등불 아래 시구를 찾아 적어
贈爾孤行遠道歸　먼 길 홀로 돌아가는 그대에게 드리노라.
俗塵全稀持鐵志　속세에 쇠 같은 뜻 온전히 지키기가 드무니
勉將成佛更騰輝　힘써 부처를 이루어 더욱 빛내시길.

○ 中道吟　　중도를 읊다

兩邊中自中道分　중도는 양변에서 나누어져 나와
形似塵埃跡似雲　형체는 먼지 같고 자취는 구름 같네.
有情死生渾一視　유정의 죽고 사는 것 한가지이니
只養佛心事天君　부처의 마음을 길러 천군을 섬길 뿐.

○ 曉吟　　새벽에 읊다

冬天月光幾年心　겨울 하늘 밝은 달빛이 어언 몇 해던가
遠客反側到夜深　먼 곳에서 온 나그네는 밤 깊도록 뒤척거리네.
丈室老僧獨叩齒　방장실 노승은 홀로 이빨 딱딱 부딪치는데
無色鐘樓任浮沈　성쇠는 내맡긴 채 종루는 어둑하구나.

○ 宿山天齋　　산천재에서 묵으며

東牕吟罷雪岑詩　동창 앞에서 설잠 시 다 읊조리고 나서

定穩淸風心靜時　　청풍 아래 정좌하니 마음 고요한 때로다.
觀晩矢川無箇事　　늙어서 세찬 냇물 바라보니 아무런 할 일 없고
手汲銀河枯松枝　　손수 은하수 길어 마른 솔가지에 붓노라.

*설잠(雪岑): 김시습(金時習, 1435~1493)의 법명. 자는 열경(悅卿), 호는 매월당(梅月堂). 조
　　선 세종 때의 승려이자 문인으로 생육신의 한사람이다. 세조가 계유정난을
　　일으키자 출가하여 승려가 되었다.

○ 登南江矗石樓　　남강 촉석루에 올라

楓葉翻紅霜寒夕　　단풍 붉게 물든 서리 친 차가운 저녁
碧天如水倚矗石　　푸른 하늘이 물처럼 촉석루에 기대었구나.
隔江愛竹無客問　　강 너머 대숲을 사랑하나 묻는 나그네 없어
泣血虛空孤魂魄　　외로운 넋만 빈 하늘가 피눈물 흘리네.

○ 自終寓懷　　스스로 마치며 회포를 부치다

入道常擬濟世艱　　도 찾아 늘 세상 구하고자 헤아렸는데
溺扎泥潯幾暑寒　　진흙탕 속에 허우적거린 세월 몇 해나 되나.
有髮俗僧無一策　　머리털 기른 속된 중으로 한 계책도 없이
還慚白骨始歸山　　비로소 백골로 산에 돌아오니 부끄럽구나.

○ 示入室門徒　입실 문도에게 보이다

狂師高聲說妙法　미친 선사가 큰 소리로 미묘한 법을 설하자
聾啞遠處聽法言　벙어리와 귀머거리가 멀리서 법어를 듣는구나.
虛空萬物皆讚歎　허공에서 만물이 모두 찬탄하노니
石蓮趺坐夜來叅　돌 연꽃이 가부좌 틀고 밤새 뜻을 참구하네.

○ 贈講主　　강주에게 주다

揮刀要剖鯤鯨腹　칼을 휘두르면 고래의 배 갈라야 하고
明道須叅達摩關　도를 밝히려면 달마의 관문 두드려야지.
面壁古風知也否　면벽하는 옛 선풍을 그대는 아는지 모르는지
知解猶隔鐵圍山　알음알이는 오히려 철위산에 막힌 거라지.

*철위산(鐵圍山): 산스크리트어 cakravāḍa. 우주의 가장 바깥에 수미산의 사주(四洲)를
　　　　둘러싸고 있는 쇠로 된 산으로 지옥이 있다.

○ 瑞雪偶題　　상서로운 눈에 우연히 쓰다

誰遣白虎走嶽山　누가 백호를 보내 산악을 달리게 하나
氣勢分明白眉閒　기세는 분명하여 흰 눈썹이 한가롭구나.
快哉氣骨本磊磊　장쾌해라, 본래 저 기골 우락부락하니
百尺竿頭春風顔　백 자 되는 장대 끝에서 봄바람 부네.

○ 戲題　　　희롱 삼아 짓다

我有秘藏千載寶　　　내가 천 년 보배를 몰래 간직하니
刹那心比躍然蚤　　　찰나의 마음은 팔짝 뛰는 벼룩과 같지.
一指彈空滅煩惱　　　한 손가락 허공에 튀기면 번뇌가 멸하고
允執闕中成佛道　　　진실로 중도를 잡으면 부처를 이루리.

○ 獨樂　　　홀로 즐기며

鳥飛絕巖在陋庵　　　새도 날지 않는 바위에 누추한 암자
深居無痕孰共耽　　　흔적 없이 깊숙이 사니 누구와 누리랴.
獨坐喫飯仍喫茶　　　홀로 앉아서 밥 먹고 차를 마시고
夜來弄影月成三　　　밤에는 그림자 희롱하니 달이 셋이네.

○ 兜率庵
─在海南

도솔암
─해남에 있다.

精庵匿于達摩宮　　　아담한 암자는 달마궁에 숨었는데
望海無際一逕通　　　끝없는 바다 보며 오솔길로 통하네.
夕陽矗石吟嘯去　　　노을에 뾰쪽한 바위 읊조리며 가니
却疑仙在畵圖中　　　그림 속에 들어온 신선 같구나.

○ 過紅流洞　　홍류동을 지나며

溪聲亂吐廣長舌　　시냇물 소리 콸콸 장광설 토하며
八萬藏經俱漏泄　　팔만대장경을 모조리 누설하는구나.
途中歷歷千經義　　도중에 천 권 경전의 뜻 또렷하니
心刀正刻親佛設　　마음의 칼로 친히 부처님 말씀을 새겼네.

○ 自嘆　　　　스스로 탄식하며

空山靜庵修心淸　　텅 빈 산 고요한 암자에 수행은 맑고
滿目靑山一月明　　눈 가득한 푸른 산에 달 휘영청 밝구나.
格外留滯唯吾事　　격외에 머무는 게 오직 내 할 일이라
方聞天外步虛聲　　바야흐로 하늘 밖 허공 밟는 소리를 듣네.

○ 與友遊雙溪寺　　벗과 함께 쌍계사에 노닐며

秋晴閒尋雙溪遲　　맑은 가을날 느지막이 쌍계사 찾아
相携微笑月明時　　웃으며 서로 이끄니 달 밝은 때로다.
不知院庭楓葉堆　　뜨락에 단풍잎 쌓이는 줄 모르는데
暮鳥吃咏柱聯詩　　날 저물자 새는 더듬더듬 주련 시를 읊네.

○ 草庵探梅　　초암에서 매화를 찾아

曲水矢川小逕斜　　휘도는 빠른 냇가 비낀 오솔길

傍山茅屋是吾家　　산기슭 오두막이 바로 내 집이라네.
只愛禪窓陽春來　　정월 오니 오직 선방 창을 사랑할 뿐.
偏愛寒梅一枝花　　굳이 찬 매화 한 줄기 꽃을 아끼네.

○ 茶道
─入花開洞裏雙溪寺 觀茶圃感懷作

다도
─화개 골짜기 쌍계사에 들어 차밭을 둘러보고 그 감회를 적다.

菩提樹下無人家　　보리수 아래 인가라곤 없는데
花開洞裏僧摘茶　　화개동 골짝 속에 스님이 차를 따네.
雖然不奪一毫心　　비록 마음 한 터럭도 빼앗기지 않으니
茗禪不二更不差　　차와 선, 둘이 아니라 어긋나지 않네.

○ 俱足　　　　구족

窓外風喧苦竹聲　　창 밖에 부는 바람 우수수 댓잎 치고
丈夫隨處足平生　　대장부 가는 곳마다 평생이 족하노라.
萬物只消一空字　　만물은 '공' 한 글자에 사라질 뿐
今道波翻似世情　　지금 도는 넘실대며 인심처럼 뒤집혔네.

○ 夜坐　　　밤에 앉아

不堪孤坐對瘠洲　　홀로 여윈 섬 보며 앉아 있기 어려워
自問是誰乃答牛　　그 누군지 스스로 묻고, 소에게 답하네.
于今自在七縱擒　　지금껏 맘대로 일곱 번 놓았다 잡으니
生死刹那鼻腔流　　죽고 사는 찰나가 콧구멍으로 지나가네.

○ 挽月下和尙　월하화상 만시

雲水百載好溪山　　백 년 동안 구름과 물은 조계산이 좋아
和尙心達無碍頑　　화상께서는 마음 툭 터져 거침이 없었네.
月下仙翁駕鶴去　　월하당 늙은 신선이 학을 타고 가시니
脫却塵寰自任閒　　속세를 벗어나 도로 한가로움에 맡겼네.

○ 記別　　　기별

前生芝草昌芳光　　전생에 지초는 향기로운 빛 창성했는데
後生嫩花揚雪香　　후생에 어여쁜 꽃은 눈 속 향기를 흩날리네.
欲知格外傳禪妙　　격외의 소식, 그 깨달음을 알고 싶은가
百草頭頭祖意藏　　온갖 풀대 끝끝마다 조사의 뜻을 감춘 걸.

○ 松廣寺暮景　송광사 저녁 풍경

山寺瞑鐘鳴出林　　산사의 저녁 종소리 수풀 밖에 울리니

潭前僧影帶胸襟　　연못 앞에 스님 그림자는 흉금에다 둘렀네.
會得松風非物外　　솔바람이 물외의 것이 아닌 걸 알고서야
始知水月卽吾心　　물에 비친 달, 내 마음인 줄 비로소 알레라.

○ 贈法萬上人　법만 상인께 드리다

一物明明百草頭　　한 물건이 온갖 풀대 끝에 밝으니
何須向坐佛前求　　어찌 꼭 부처님 앞에 앉아 구하랴.
死去應爲救苦佛　　이 몸 죽어 괴로운 부처를 구하니
金風體露滿空流　　금빛 바람 몸 드러내 허공에 흐르네.

○ 贈門徒　　　문도에게 주다

休說庵棲風味少　　암자 사는 재미가 적다 말하지 말게
禪房絶埃膧喜笑　　티끌 없는 선방이 몹시 좋아 웃는다네.
富貴無益又招殃　　부귀는 무익할 뿐 재앙을 부르는데
自卑淸貧何物要　　스스로 낮추고 맑게 가난하니 무얼 구하랴.
若能守口如瓶去　　만약 입 막길 마개 닫힌 병처럼 하면
安身一方初誰料　　몸 편히 하는 일이니 애초에 뉘 알리.

○ 寄余戲吟同字　같은 글자로 장난삼아 읊어 나에게 부치다

是是非非兩一同　　시시비비는 둘 다 하나로 같은데
默默座座起禪風　　묵묵히 앉고 앉아 선풍을 일으켰네.

68

言言大大傀儡師　말말마다 크고 큰소리니 꼭두각시 스승이고
列列立立拜梵雄　줄줄이 서고 서서 부처님께 절하네.
咄咄嗟嗟塵臼裏　끌끌 혀 차고 탄식하니 먼지구덩이 안이고
空空寂寂閻羅宮　공적하고 공적한 염라대왕의 궁궐이로다.
滔滔如如誰證理　도도하고 여여한 이치를 누가 증득할까
呵呵笑笑是老聾　깔깔 웃고 웃는 이 늙은 귀머거리야.

○ 狂夫
―杜甫詩次韻自嘲

미친 사내
―두보 시의 운을 빌려 스스로 조롱하며

晉州橋西一書堂　진주교 서쪽에 한 서당이 있는데
矗石南水添滄浪　촉석루 남강 물이 푸른 물결 더하네.
堰上風竹蕭蕭淨　바람 부는 둑에 댓잎 치는 소리 쏴쏴 맑고
沙洲白鷺茫茫揚　모래톱에 백로는 아득하게 날아오르네.
山中善友書斷絶　산중에 좋은 벗은 소식이 끊어지고
恒饑吾計盆凄涼　늘 굶주린 내 생계는 더욱 처량하구나.
欲脫煩惱唯自在　번뇌를 벗어나고자 오직 자재할 뿐
自笑狂夫老更狂　미친 사내 스스로 웃고 늙어 미쳐가네.

○ 戲吟
―我一時久病 以不除草不掃室 有人嘲之

장난삼아 읊다
—내가 한때 오랜 병에 풀도 뽑지 않고 방 청소도 않는다고 어떤 사람이 나를 비웃기에

蟭螟一室塵常祛	초명암 방 한 칸, 늘 티끌 떨어버리는데
況吾心田草不除	하물며 내 마음 밭에 풀을 뽑지 않았으랴.
精勤當埽除天下	정근하여 마땅히 천하를 청소한다면
丈夫今生事畢好	대장부가 금생에 해야 할 일 끝내서 좋도다.
固陋安事一室乎	고루하게 어찌 방 한 칸을 일삼겠는가.
浮雲淸濁定何如	뜬구름 같이 맑고 탁함이 정녕 어떠한가.
一刀揮之銀山壁	한 칼로 은산 철벽을 휘둘러버리고
寄語靑盲莫笑余	청맹과니에게 부치노니 날 비웃지 말게.

○ 蟭螟庵容膝軒   초명암 용슬헌

小庵容膝雪猶繁	무릎을 들일 작은 암자에 눈 쌓여도
只此心閑便易安	단지 마음이 한가로우니 문득 편안할 뿐.
無色無香世孰爭	빛깔도 향기도 없으니 세상 누가 다투랴
壁破簷疎兼戶攔	깨진 벽에 처마는 성글고 외짝문도 막혔구나.
淸風明月入出來	맑은 바람 밝은 달만 들락날락하고
孤立那知天地寬	홀로 서니 천지의 너그러움을 어찌 알겠나.
宇內方寸不容物	우주에 한 조각 마음은 외물을 용납하지 않고
二淚浮生已蓋棺	두 줄기 눈물에 덧없는 생이 널에 덮였네.

○ 穴居　　　동굴에 살며

千仞壁立倚居穴　　천 길 솟은 절벽에 기대어 굴에 사는데
北風閉塞何寒雪　　북풍에 세상 닫히니 눈은 어찌 그리 차가운지.
霜露危巖且相侵　　위태로운 바위에 서리와 이슬 또 침범하니
此使野僧無念切　　이 때문에 시골 중은 무념이 절절해라.

銀山鐵壁心自苦　　은산 철벽에 마음 스스로 고달프나
金海三藏凌寒節　　금빛 바다에 삼장을 감추고 추위를 이기네.
刻苦踐履修今暮　　애써서 실천하여 오늘 저녁도 수행한다면
超脫生死庶永結　　길이 생사를 벗어나 마칠 수 있으리라.

○ 上方丈山 法界寺　지리산 법계사에 올라

脫超眞俗出人寰　　진속을 초탈해 인간 세상에 나타나니
隨處佛國景物閒　　가는 곳마다 불국토라 경물이 한가롭네.
碧松苔巖烈禪氣　　푸른 솔, 이끼 낀 바위에 선의 기운 매섭고
楓丹劍岩醉人顔　　칼바위에 단풍은 술 취한 얼굴이구나.

極目雲海蒼茫外　　눈 밖에 구름바다는 아득히 보이고
闇然石塔杳靄山　　어렴풋한 석탑이 어둑한 산에 비치네.
截取一指直入道　　한 손가락 잘라내어 곧장 도에 드노니
當今天眼如來還　　지금 당장 천안의 여래께서 돌아오시네.

71

○ 自述　　自술하다

少日泗水學文能　　젊은 날 사수에서 유가 문장 능히 배우니
斥鷃何曾羨大鵬　　메추리가 아무리 작아도 대붕이 부럽지 않았지.
薄才豈殊笻窺天　　작은 재주가 대롱으로 하늘 엿봄과 어찌 다르랴
拙知眞似盲看燈　　서툰 지혜는 실로 맹인이 등불 보듯 하였네.

生平壯志思鵬息　　평생 장대한 뜻은 붕새가 쉴 걸 생각했는데
晚歲直入失飛騰　　늘그막에는 곧장 솟구쳐 오를 뜻조차 잃었네.
禪室只今塵滿紛　　선방에는 이제 티끌만 가득 어지러울 뿐
不如一去寂滅僧　　단번에 떠나 적멸에 드는 스님만 못하리.

○ 偶題　　우연히 제하다

蹉跎冥途昧希誹　　비틀비틀 어둑한 길을 비방할지니
回頭六十餘年非　　예순 남짓 해의 허물을 돌아보노라.
世波衰衰天機淺　　속세의 파도는 출렁출렁 천기는 잦아들고
公案漆黑道力微　　공안은 칠흑인데 도 닦는 힘은 부족하네.

尋牛肯使迷遠路　　소를 찾아 먼 길을 헤매야 하겠는가
洗心須遣解重圍　　마음 닦아 겹겹 장막 풀도록 해야지.
寥寥面壁唯默言　　고요히 벽이나 바라보며 말없이 있을 뿐
歲晏吾將向一歸　　해 저물면 하나로 향하여 돌아가련다.

○ 自歎 　　　 스스로 탄식하며

從來暗昧壞心田　　　 예로부터 어리석어 마음 밭 무너뜨리고
出家漫行轉湛然　　　 출가하여 어지러이 돌아다니니 나른하구나.
禪室入定晨未覺　　　 선방에서 선정에 들어도 새벽에 깨지 못하고
雲庵思母晝仍眠　　　 구름 이는 암자에 어머니 생각하다 낮에도 조네.

以一消息何解了　　　 한 통 소식에 어찌 마음 다 풀 수 있으랴
月色秋光正今鮮　　　 달빛 좋은 가을날 지금 참으로 깨끗하구나.
不識祖師西來意　　　 모르겠노라, 조사가 서쪽에서 온 뜻을
虛名幻身已吾年　　　 내 나이 이미 허명과 허깨비의 몸 이루었네.

○ 西臺 水精庵　　 서대 수정암

一筇飄然到長嵩　　　 지팡이 하나 짚고 표연히 장령산 닿아
步隨深谷上佛宮　　　 깊은 골짝 따라 걸어 부처님 궁에 올랐네.
千年庵子凌天起　　　 천 년 암자는 하늘 높이 솟아 있고
萬丈奇峯特地雄　　　 만 길 기이한 봉우리는 특히 웅장하구나.

花落客從紅霞裏　　　 꽃잎 지니 나그네는 붉은 노을로 들어가고
隱迹僧出白雲中　　　 자취 숨긴 중은 흰 구름 속에서 나오는구나.
堪憐板屋猶驚鳥　　　 너와집은 새를 놀라게 하여 도로 어여쁜데
可笑月精柏樹風　　　 가소롭구나, 월정사에 잣나무 가풍이여.

○ 一室　　　방 한 칸

一室香爐對空山　　한 칸 방에 향 피우고 빈 산 마주하니
公案通透不相關　　공안을 꿰뚫는 건 상관하지 않는다네.
法身嶇壑夜深蟄　　밤 깊어 법신은 험한 골짜기에 숨었는데
化身塵世曉坐還　　새벽 좌선에 화신은 속세로 돌아오네.

惛倒鬢絲從自白　　흐릿하여 머리카락마저 절로 세는데
參差烏竹爲誰斑　　들쭉날쭉 오죽은 누굴 위해 얼룩졌는지.
虛名絶似一隻眼　　헛된 명성이 일척안과 아주 비슷하니
猶投話頭也未閑　　비록 화두를 던져버려도 한가롭지 않네.

*일척안(一隻眼): 선림(禪林)의 용어로 범부의 육안이 아니라 진실한 정견을 갖춘 혜안(慧
　　　　　眼)이라는 말인데, 정문안(頂門眼) 혹은 활안(活眼)이라고도 한다.

○ 默默夜坐　　　밤에 묵묵히 앉아

端坐默默抱話頭　　단정히 앉아서 화두를 묵묵히 품고
心中淸江泛小舟　　마음 속 맑은 강에 작은 배를 띄웠구나.
聲譽不須齊馬祖　　명성은 마조 스님과 같을 필요가 없는데
修禪安着糞佛頭　　선 수행에 굳이 불상 머리에 똥을 싸는지.

塵世蹩躠空衰朽　　티끌세상에서 절뚝거리다가 헛되이 늙고
藏海無字秪悔尤　　대장경에는 글자가 없으니 뉘우침과 허물뿐.
萬法歸一難適意　　일체법 하나로 돌아가 뜻 맞추기 어려우니
何人成佛上佛州　　누가 부처가 되어 불국토에 오를 수 있나.

74

*불두착분(佛頭着糞): 『경덕전등록』에 전한다. 최상공이라는 사람이 절에 갔다가 참새가 불상 머리 위에 똥을 싸는 것을 보고 주지스님에게 물었다. "참새에게는 불성이 없습니까?" "있습니다." "그런데 왜 저놈들은 부처님 머리에 똥을 쌉니까?" "그럼 저놈들이 왜 독수리 머리에는 똥을 싸지 않을까요?" 景德傳燈錄, 卷七, "崔相公入寺, 見鳥雀於佛頭上放糞, 乃問師曰: '鳥雀還有佛性也無?' 師曰: '有.' 崔曰: '爲什麼向佛頭上放糞?' 師曰: '是伊爲什麼不向鷲子頭上放?'" 중국의 구양수가 신오대사(新五代史)를 편찬했을 때, 사람들이 서문을 지어 붙이려 하자, 왕안석은 "부처님 머리 위에 어찌 똥을 바르겠는가?" 하고 비웃었다. 그 뒤 '불두착분'은 '남의 책에 부족한 서문을 붙인다'는 뜻이 되었다.

○ 聽蟬　　　　매미 소리를 듣고

立秋鳴蟬洗耳新　　입추의 매미 소리 귀를 맑게 씻어주니
一聲寂寥暮兼晨　　쓸쓸한 한 소리 아침이고 저녁이고 우네.
隱微讀經風來夕　　은은한 독경 소리 저녁 바람에 실려 오니
落日古塔露下辰　　이슬 내린 옛 탑에 해 질 무렵이로다.

斷續不知何佛音　　끊어질 듯 잇는 그 무슨 부처님 음성인지
凄凉只覺爽精神　　서늘하고 맑은 소리는 정신 맑게 깨우네.
前生定慕還身術　　전생에 반드시 몸 바꾸는 걸 사모하여
學得空音卽蛻身　　공한 소리 배워서 곧장 허물 벗었으리라.

○ 觀物吟　　　　관물음

休將名色寄自寬　　명색을 스스로 너그러이 맡기지 마라.
色卽是空皆一看　　색은 곧 공이라 모두 하나로 보는구나.

流水未回朝逝浪　　흐르는 물은 아침에 흐른 물결 되돌릴 수 없고
殘花非復夕開顔　　시든 꽃은 저녁에 핀 모습 거듭하지 못하네.

割身五蘊皆魔餌　　몸을 베는 오온은 마군의 먹이와 같고
耀世正法至道難　　세상 빛내는 정법은 지극히 말하기 어렵네.
天賦無量眞樂在　　하늘이 무량하게 부여한 참된 즐거움 있으니
淸閒無事覺心安　　맑고 한가로이 일 없어 마음 편하다네.

○ 山中獨坐　　산중에 홀로 앉아

默默獨坐對靑山　　묵묵히 홀로 앉아 푸른 산 바라보니
物外誰爭無事閒　　세상 밖에 누가 일없이 한가로움을 다투랴.
林裏風蟬鳴復歇　　숲에는 바람 타고 매미 자지러지게 울고
簷下乳鷰去仍還　　처마 밑에는 제비 새끼가 들락거리네.

已安隱迹煙霞裏　　이미 자취 숨기니 자연에 묻혀 편안하고
且可潛心入定間　　또한 마음 쏟아 선정에 드는 겨를이로다.
俗塵難忘結因緣　　속세의 티끌은 인연 맺어 잊기 어려워도
不妨終日掩柴關　　여기는 종일 사립문 닫고 살아도 그만.

○ 梅花吟　　매화를 읊다

底窓雪梅一枝開　　창 아래 피어난 설중매 한 가지 보니
寒中微陽地下回　　추위 뚫고 온기가 땅 속에서 돌아왔구나.
要識馬祖梅子熟　　마조 선사의 매실 익은 일 알고 싶어

大梅淸香吐月徊　　맑은 향에 대매 스님은 달 토하고 노닐었네.

山林雪滿白皚皚　　산림에는 가득한 눈 온통 희고 흰데
踏雪尋梅不見梅　　눈 밟으며 매화를 찾아도 매화는 뵈지 않네.
忽有暗香通鼻觀　　홀연 은은한 향기 있어 코끝에 스치니
大雄跨下熟靑梅　　부처님 가랑이 아래 풋 매실이 익는구나.

*대매(大梅, 752-839): 성은 정(鄭)씨. 이름은 법상(法常). 대매는 호. 또는 매자. 마조(馬
　　　　祖)의 제자. 처음 마조를 참알하고 묻기를 "어떤 것이 부처입니까."
　　　　마조가 말하길, "곧 마음이 부처다."한데서 크게 깨쳤다. 후에 염관
　　　　제안(鹽官齊安)이 대매를 찬탄하길, '서산(西山)의 매실이 익었으
　　　　니. 그대들은 가서 마음대로 따먹어라'고 하였다.

○ 牧牛曲　　　목우곡

小牛飽厭原頭草　　송아지가 언덕배기 풀 실컷 뜯어 먹고
遲然臥睡曹溪道　　조계의 시냇가에서 질펀하게 잠이나 자네.
不會何處生死路　　어디가 생사의 길인지 알지 못하고
低頭礪角菩提樹　　머리 숙여 깨달음의 나무에 뿔을 가네.
牧童引轡引不得　　소치는 아이는 고삐 당기다 놓쳐버리고
不覺啞吹無孔笛　　벙어리는 구멍 없는 피리 불 줄도 모르지.
空山歸路日落夕　　빈 산 돌아가는 길에 해 떨어져 저물고
晩霞半雜斜陽明　　저문 노을은 밝은 석양빛과 섞였구나.
忽翦草笛成一曲　　홀연히 풀피리 꺾어 한 곡조 부르는데
佛音空寂吹無聲　　부처님 음성은 텅 비고 고요해 소리가 없네.
○ 自嘆　　　스스로 탄식하며

天地始來逆旅纏　천지는 처음에 얽혀서 여관이 되고
光陰刹那之過煙　광음은 찰나에 지나치는 연기로구나.
幾人於此暫留形　몇 사람이나 여기서 잠시 형체를 머물렀는지
平生過隙駒强牽　평생 문틈으로 망아지를 억지로 끌고 가네.
白頭涕淚倚斜陽　흰머리로 눈물 흘리며 석양에 기대어
空恨前咎耕心田　지난 허물 부질없이 한탄하며 마음 밭을 가노라.
傍人莫笑吾拙直　이보게, 나의 졸직함을 비웃지 마라.
鳧短鶴長誰使然　오리다리 짧고 학의 다리는 기니 누가 그런 것이냐.
華嚴法界留一心　화엄 법계에 한 마음이 머무르니
世上情緣忘不遷　세상의 정과 인연 잊고 옮기지 않네.

○ 讖悔錄
―上諸方懺悔書自辨略曰

참회록
―제방에 참회의 글을 올리며 간략하게 스스로 변명하길,

生計鈍才百不能　재주 둔해서 먹고 사는 일은 영 모르고
苟且秉筆是吾曾　내 일찍 한 짓은 구차히 붓을 잡았을 뿐.
三斤麻裏話珠隱　세 근 삼베 속에 화두의 구슬을 숨겼고
一寸心肝禪露凝　한 치 심간에 선풍의 이슬이 엉겼어라.
吾也狂客無親朋　나는 친한 벗도 없는 미치광이 나그네인데다
不出乎人下根僧　남보다 뛰어난 게 없는 하근기 중이라네.
貧賤自訟三千應　가난하고 천하여 스스로 허물하길 삼천 번 응하고
餘望漆山十萬層　남은 희망은 오직 깜깜한 산 십만 층이로다.

何日鵬怒蒼海擊　　언제 성난 대붕이 푸른 물결 부딪치고
將飛徒於南冥乘　　막 남쪽 바다로 날아가서 오를 수 있을까.
喫飯蘭若弄少老　　암자에서 밥 먹고 노소들과 희롱하고
野遊赤身伴似僧　　들에서 벌거벗고 노닐며 가짜 중 노릇하였네.
丈夫鄙劣腐如此　　사내가 천하고 졸렬하게 이같이 썩는다면
黃泉吸盡也不稱　　황천을 다 들이킨 놈이라 부르지 않겠는가.

○ 扶蘇庵
—在南海錦山

부소암
—남해 금산에 있다.

一層千層琴山玄　　한 층, 천 층, 겹겹 금산 그윽한데
一丈千丈蒼崖連　　한 길, 천 길, 푸른 벼랑 이어졌구나.
戴雲兀坐法王庵　　구름을 이고 법왕암 우뚝 앉아 있어
始皇何遣扶蘇船　　진시황은 어찌 부소를 배 태워 보냈나.
徐市過此今岩刻　　지금 '서불과차'가 바위에 새겨져 있고
溪流矗洞細鳴咽　　우거진 골에 계곡물이 흐느끼며 흐르네.
一點小菴若無有　　한 점 작은 암자는 없는 듯 있고
深林逕塗之崎綿　　깊은 숲 오솔길은 가늘게 뻗어있네.
于今消息未到來　　지금까지 소식은 아직 이르지 않았는데
夕陽適時帶霞煙　　때맞추어 석양 무렵 노을을 둘렀구나.
誰論主人殺佛事　　누가 주인공이 부처 죽인 일 따지랴.
白雲無時留庭前　　무시로 흰 구름만 뜰 앞에 머물고 있네.
生死超脫入寂滅　　생사를 벗어나서 적멸에 들어가니

久年不夢塵世緣	긴 세월 세속 인연은 꿈조차 꾸지 않네.
吾有本分弄風月	나에게 본분사가 있으니 풍월을 희롱하고
從此入門圓頓傳	이를 좇아 원만한 깨우침 전하려 하네.

○ 自照吟   스스로를 비추어 읊다

萬物之中自性全	만물 가운데 본래면목이 가장 온전하니
若無相以心合天	만약 상이 없다면 마음이 하늘에 합하네.
至於無一毫之偏	털끝도 치우침 없는 경지에 나아가야 하니
中道分明有後先	중도가 분명하여 앞뒤 순서가 있도다.
避慾如箭庶無愆	욕망 피하길 화살같이 하면 거의 허물없고
持戒非徒限生年	계율을 지키니 살아있는 동안만 아니라네.
嗟彼迷津趨牢客	아, 저 나루터 잃고 지옥을 좇는 나그네들
忍將汚身落坑穿	어찌 차마 더러운 몸이 구덩이 뚫고 빠지나.
猶口佛說未證悟	입으로 불법을 말하나 증득하지 못하다가
涅槃悟入兜率天	번뇌를 해탈하여 깨닫고 도솔천에 들어가네.
反照生平自罪業	평생을 돌이켜 스스로 지은 죄업을 비추니
佛眼昭昭漆室懸	부처의 눈 밝고 밝아 깜깜한 방도 굽어보네.
法非難也行爲難	불법은 어렵지 않으나 행하기 어려우니
踐履話頭着力難	화두를 실천하는데 힘을 붙이기 어렵구나.
白日靑天不可遮	푸른 하늘에 태양은 가릴 수 없으니
虛度人生要修禪	헛되이 삶을 보내느니 선법을 닦을 뿐.

○ 時節有感　　시절 유감

行之浮沈雖由天	행위의 부침은 비록 하늘에서 비롯하지만
因緣稱好非偶然	인연이 좋다고 하는 건 우연이 아니라.
如何佛國尙無事	어찌하여 부처님 나라는 여전히 무사한데
心如呑毒無安眠	마음은 독을 삼킨 듯 편히 잠들지 못하는지.
汚僧所好異吾願	더러운 중이 좋아하는 건 내 바람과 다르니
長舌賣佛求多錢	긴 혓바닥에 부처 팔아 많은 돈을 구하네.
巧欺盜飯無忌憚	교묘하게 속여 밥을 훔치는데 거리낌 없으니
釋氏姓何稱道賢	석가의 성으로 어찌 도 닦는 어진이라 말하랴.
我念甲燈坐夜久	내 조등 켜고 밤 깊도록 앉아 생각하노니
滅身思欲斷塵纏	이 몸은 죽어 티끌 묶인 줄을 끊고 싶네.
況無祖說無字話	하물며 '무' 자 화두 설한 조사가 없으랴
狗有佛性明玄禪	개도 불성이 있다고 그윽한 선법을 밝혔네.
莫行逆施終何爲	맘대로 행하고 거슬러 베푸니 끝내 어이 하리
化身如夜鼠晝仙	몸 바꾸길 밤 쥐에다 낮 신선같이 하네.
我寧殺佛佛不殺	내가 부처를 죽일지언정 부처는 날 죽이지 않아
拂袖上堂誰牛牽	소매 떨치고 법상에 올라 누가 소를 당기랴.
君不見謗佛謗法	그대는 보지 못했나, 부처와 법을 비방해
過犯漫天自心煎	허물이 하늘에 차니 저절로 마음 졸이는구나.
君不見面似慈悲	그대는 보지 못했나, 얼굴은 자비로운 듯하나
心中最毒焚玉編	마음은 참 독하여 주옥같은 작품을 태워버렸네.
禪氣如今何處藏	참선한 기운은 지금 어디에 숨겼는가
畢竟工夫似泉涓	마침내 공부도 샘물 졸졸 흐르듯 하리라.
隱身默言眞良計	몸을 숨겨 말 없음이 진실로 좋은 계책이니
參禮空王欲放禪	부처님께 참배하고 참선을 풀고자 하네.

○ 山寺深境　　깊숙한 산사에서

一柱門前暖欲眠	일주문 앞은 따스하여 잠들 듯하고
幢竿柱後靑芭錢	당간지주 뒤는 파초가 돈처럼 푸르네.
櫛風沐雨老僧拙	긴 세월 갖은 고생 무릅쓴 노승은 졸하여
開扉容客無後先	사립짝 열고 손님 받으며 앞뒤 따지지 않네.

剝啄者誰少衲子	문 두드리는 자 누구인가 어린 중인데
許令入室還翩翩	입실을 허락하니 도리어 너울너울하는군.
高官富貴絶不應	높은 관리와 부귀한 자 끊고 응하지 않거늘
碧眼胡爲來近前	눈 푸른 오랑캐가 어찌 가까이 왔는가.

吾非絶俗而愛禪	나 속세를 끊지 않았지만 선법을 아끼니
此效維摩有髮緣	유마거사 본받아 머리털 기른 인연이 있지.
一着話頭末句通	일단 화두를 트니 궁극의 한 마디가 통하고
修心打破憂卽賢	마음 닦아 깨트리니 근심마저 곧 밝아지네.

均之大道皆未通	모두 큰 도를 통하지 못하긴 마찬가지
我之於儒渠之禪	내가 유가이거나 그들이 불가이거나
迷途未脫人我相	미혹한 길에 남과 나의 상을 벗지 못하니
雲深草庵猶未關	구름 짙은 초당에 문도 닫지 않고 사네.

一笑欲拍黑漆桶	한바탕 웃으며 검은 칠통을 치고자 하니
萬法誰識玄之玄	현묘하고 현묘한 만 가지 법을 누가 알리오.
足踏須彌最上頂	수미산 가장 높은 꼭대기 밟고 올라
俯地獄道螟蠓然	벌레만 한 지옥도를 굽어보리라.

*즐풍목우(櫛風沐雨): 바람으로 빗질을 하고 빗물로 몸을 씻는다는 뜻으로, 긴 세월 동안 목적을 달성하기 위하여 온갖 난관을 무릅쓰고 고생한다는 말이다.

*유마(維摩): 유마힐(維摩詰, 산스크리트어: Vimala-kīrti, 생몰년 미상)은 고대 인도의 상인으로 석가모니 부처의 재가 제자였다. 이름은 비마라힐(毘摩羅詰)이며 의역하여 정명(淨名) 또는 무구칭(無垢稱)이라고도 한다.

*일전어(一轉語): 심기(心機)를 일전시켜 깨닫게 하는 격외(格外)의 말. 미망(迷妄)을 깨트려서 깨닫게 함.

○ 安心賦　　　안심부

石逕盤盤山深休	오솔길은 구불구불 깊은 산에 있고
白雲幽幽樹林周	흰 구름은 그윽하여 수풀을 둘러쌌네.
寄吾一生於魍魅	내 생애를 도깨비에게 맡기었으나
喫茶飯安而焉求	차 마시고 밥 먹으며 편안하니 무얼 구하랴.
沙漏點點而自落	모래시계는 점, 점, 저절로 시간이 흐르니
至終一身其何修	이 한 몸 마칠 때까지 어떻게 수행할까.
古人曾過生滅門	옛사람은 일찍이 생사의 문을 지나갔는데
俾其悟道重余愁	도를 깨치려는 내 시름만 무겁구나.
乾坤轉覆而容假	천지가 구르고 뒤집히니 가짜를 용납하고
隱者入山只跡收	은자는 산에 들어가 흔적을 거두었을 뿐.
佛恩慧光莫酬兮	지혜의 빛 비추는 부처님 은혜 갚을 길 없어
九餞春於荒隅丘	아홉 해 봄철 거칠고 외진 언덕에서 보냈네.
顧初發心何處去	처음 깨달음을 구하던 일 돌아보니 어디로 갔는가.
靦面目兮擧一羞	뻔뻔한 낯짝으로 부끄러움을 드러내네.
宿業果報由自己	지난 업과 과보는 나로부터 비롯되었고
又流光陰之貧憂	또다시 세월은 흐르니 가난을 근심하는구나.

迷惑所爲今不棄	미혹하여 행한 일을 지금도 버리지 못하니
西山落日虛空秋	서산에 해가 지고 텅 빈 가을 하늘이로다.
白日靑天過如電	푸른 하늘 대낮에 번개같이 지나가니
滿目如如何懇求	눈 가득 그대로인데 무엇을 정성스레 구하나.
追古人之出格行	옛사람의 격식을 깨버린 행을 뒤따라가니
無上深深妙定後	위 없이 깊고 깊은 오묘한 선정을 닦은 뒤라네.
只懷話頭天一方	단지 화두를 품으니 하늘 한 모서리인데
願我透關圓通休	내 원하노니, 원만하게 도를 통하여 쉬고자 하네.
吁一期接之無期	아, 한번 기약하고도 기한이 없는데
何覓一物而何求	어찌 한 물건을 찾고 또 어찌 구하리오.
心安風止託佛音	마음 편하고 바람 그치니 부처님 음성에 맡기고
歸不歸忘猶誰留	돌아갈지 못 갈지 잊으니 여기 누가 머무르는가.

○ 夜吟   밤에 읊다

淸宵風鳴鐸	맑은 밤, 바람은 풍경을 흔들고
山空月入牕	텅 빈 산에 달빛은 창에 들이치네.
丈室閒寂囂塵絶	소란한 세상 두절한 한적한 방장실
兀坐蒲席對殘釭	부들자리에 우뚝 앉아 가물대는 등잔을 마주하네.

○ 打打打   타, 타, 타

東頭來東頭打	동쪽이 오면 동쪽을 치고
西頭來西頭打	서쪽이 오면 서쪽을 치고
打佛打佛打佛	부처를 치고 부처를 치고 부처를 치고

法打空打中打　　법을 치고 공을 치고 중도를 치고
我打汝打渠打衆打　나를 치고 너를 치고 그를 치고 무리를 치고
打有打無打語打黙　유를 치고 무를 치고 언어를 치고 침묵을 치고
心卽佛打佛卽心打　마음이 곧 부처를 치고 부처가 곧 마음을 치고
打中華嚴打中芥子　화엄 가운데를 치고 겨자씨 가운데를 치고
打煩打煩打煩　　번뇌를 치고 번뇌를 치고 번뇌를 치고
打佛打佛打佛　　부처를 치고 부처를 치고 부처를 치네.

○ 出格丈夫歌　　출격장부가

蟭螟之天下居　　초명이라는 집에 천하가 거하고
竿頭上更進步兮　장대 끝에 다시 한 걸음 나아가네.
渡衆生之大道　　중생을 제도하노니 큰 도인데
得志與衆由之兮　뜻을 얻으면 중생과 함께 도를 행하네.
不得志獨行道　　뜻을 얻지 못하면 홀로 도를 실천하고
煩惱不陷私淫兮　번뇌는 사사로이 음란에 빠지지 않네.
貧賤甘受不移　　빈천을 달게 받아드리되 옮기지 않고
下心不可能屈兮　자신을 낮추되 능히 굴복하지 않는다네.
縱遇鋒刀心閑　　비록 칼날을 만나도 마음 한가롭고
掃蝸後讀我書兮　달팽이집 청소하고 내 글이나 읽노라.
莫道山家赤貧　　산중 살림살이 가난하다 말하지 말게
此之謂大丈夫兮　이를 일컬어 대장부라 하노라.

○ 雪竹賦　설죽부

深山雪風自西來	깊은 산에 눈보라가 서쪽에서 불어와
臘雪紛紛滿空飛	섣달 눈 어지러이 허공 가득히 날리네.
竹君比德靜中動	대나무 군자의 덕은 고요한 가운데 움직이니
霏霏之屑如有聲	보슬보슬 눈송이 날리는 소리가 나는 듯
片	사락,
片片	사락, 사락,
片片片	사락, 사락, 사락
畫師秉筆狂寫圖	화가가 붓을 잡고 미치듯 그림을 그려내니
圖中飛雪吾身濕	그림 가운데 눈발이 날리고 내 몸이 젖었구나.
竹	죽,
竹竹	죽, 죽,
竹竹竹	죽, 죽, 죽
風前雪點飛騰落	바람 앞에 눈가루가 날려 올랐다가 떨어지니
竹林雪花眞不辨	대숲에 눈꽃이 진짜인지 분간이 되지 않네.
終日逍遙看不足	종일토록 돌아다녀 보아도 모자라서
何誰畫師子入圖	그림 속에 내가 들어가니 대체 누가 화가인지.

○ 行路難　길가는 어려움

行路難行路難	나그네 길의 어려움이여
此日行路甚可難	오늘 가는 길은 아주 어렵구나.
峽谷險逕千餘里	산골짝 험한 오솔길이 천여 리
薄衣叵堪風雪寒	얇은 옷은 찬 눈보라 견디질 못하네.
行路難多辛酸	세상길 험난하여 맵고 쓰린 일 많으니

泥途顚覆行蹣跚	진구렁 길에 뒤집어지며 비틀비틀 걸어가네.
風雪紛紛如木棉	어지럽게 날리는 눈발은 목화솜 같은데
天地俄幻白色闌	하늘과 땅이 어느새 변하여 흰 빛이 가로막네.
行路難危難安	세상길 험난하여 편안할 날 없으니
暴風茫海似飜瀾	아득한 바다에 폭풍 불어 물결 뒤집는 듯
膝沒塡坑行脚鈍	무릎은 구렁에 빠져 발걸음 더디고
空腹飢甚未有餐	빈속에 배고픔 심한데 아직 밥 먹지 못하네.
氷手縮項訪孤家	손이 얼어 목을 움츠린 채 외딴 집 찾아
十番呼主方啓關	여러 번 주인 부르자 비로소 문을 열어 주네.
咄咄又咄咄	혀를 차고 또 혀를 차노니
不可破疑團	의심 덩어리를 깨부술 수 없네.
蝸牛角上爭得失	달팽이 뿔 위에서 득실을 다투어도
畢竟空中埃一丸	필경에는 허공에 티끌 한 알과 같은 걸.
心田可耕銀河餐	마음 밭 갈만하여 먹을 은하수가 있으니
不如隱居棲雲巒	구름 낀 산에 깃들어 은거함만 못하리.

*의단(疑團): 선종의 간화선에서 화두를 정하여 '이 무엇인가?'라는 생각에 몰두하여 행
주좌와 어묵동정 사이에 오직 한 생각이 가득 차 있을 때 의심 덩어리를
말한다.

○ 對燭　촛불을 보고

汝紅燭	너 붉은 촛불이여,
嗚呼, 賢哉	오호라, 훌륭하도다.
累世仰遺芳	후세에 길이 기릴 꽃다운 이름이여,
幽人點燃蠟燭	은자가 밀랍 초에 불을 붙이고

願汝爲燒也	네가 타오르길 바라는데
何故傷心涕淚	어찌하여 마음 상하여 눈물을 흘리느냐?
噫, 我知汝道了	슬퍼라, 나는 네가 가는 길을 아니
泫然涕流處處	눈물 줄줄 흘리는 곳곳에
誰拭汝之血淚	누가 네 피눈물을 닦아주랴.
紅顔月未午	붉은 얼굴에 달은 아직 기울지 않았구나.
殘風來侵光炷	쇠잔한 바람 불어 심지를 침범하니
不堪燭淚高堆	견디지 못해 촛농이 높이 쌓이고
一淚一淚夜向晨	한 방울, 한 방울, 밤은 새벽을 향하여 가네.
誰敢亂說菩薩道	누가 함부로 보살도를 말하는가
以智上求菩提	지혜로써 위로는 깨달음을 구하고
以悲下化衆生	자비로써 아래로 중생을 교화하니
看彼一身	저 한 몸을 보아라
照顧脚下	제 발 밑을 비추어 보고
布光滿乾坤	천하 가득 빛을 비추고 나서
燒盡向空界	다 태워 허공의 세계로 향하는 것을.

○ 劍客   검객

我有一心劍	나에게 일심검이 있어
一刀斬斷五蘊兮	오온을 한칼에 베어버리네.
與無明一合決戰後	무명과 한번 합하여 결전을 벌인 뒤
割一刀將對方擊退兮	싹둑, 단칼에 대적해 물리치리라.
終登須彌山頂	마침내 수미산 정상에 올라
洗了沾血染刀兮	피 묻은 칼을 씻네.
誰偸閃光劍柄	누가 칼자루에 섬광을 훔치는지

今日天下依然兮	오늘도 천하는 의연한데
響於銳鋒刀刃	날카로운 칼끝과 칼날에서 소리가 난다.
乘上無色彩雲兮	무색의 문채 있는 구름을 타고
揮舞刀刃悲鳴	휘두르며 춤추니 칼날이 슬피 우네.
把無柄之刀兮	자루 없는 칼을 쥐고
任運自在	마음껏 흐름에 맡기며
揮舞之劍客兮	춤추듯 휘두르는 검객이여,
汝斬什麼	그대는 무엇을 베는가?
將割空盡兮	장차 공함을 다 베어 넘겨도
紛紛飛飛劍光餘跡	무수히 흩날리는 검광의 남은 자취들,
子知之乎兮	그대는 아는가?
不可反之快刀	돌이킬 수 없는 쾌도를,
只愛最後劍法兮	오직 마지막 검법을 아껴
一刀以無用	한 칼 쓰지 않고도
斬了六根之根兮	육근의 뿌리를 베어버리네.

○ 自警賦　자경부

何事在山兮	무엇 때문에 산중에 있는지
問我是誰哦	나에게 묻노니, 이 사람 누구인가?
鳶飛魚躍兮	솔개가 날고 물고기가 뛰니
目擊道存多	여기에 도가 성한 걸 보네.
我空似一片雲兮	나는 텅 비어 한 조각 구름 같은데
偶然大洋一葉舟	우연히 큰 바다에 한 잎 배가 되었네.
怊悵悅而永懷兮	상심하여 멍하니 오래 생각하니
道非身外更何求	도는 몸 밖에 없는데 어디서 또 구하려는지.

無心卽寂滅兮	무심한 것이 곧 적멸이니
我於外物無心	나는 무심하게 외물을 대하네.
無心自成佛兮	무심이 저절로 부처를 이루니
絕景下筆難心	마음은 절경에 붓을 대지 못하네.
萬化自變紛敷兮	만물은 스스로 변하여 섞이고
榮枯盛衰各受功	피고 시들고 성하고 쇠함이 공이 크네.
自性本來稟殊兮	본래 스스로 성품을 달리 받아도
萬事外物如幻空	만 가지 일과 외물은 허깨비 같아 공하네.
我本一視兮	나는 본래 한 가지로 바라보니
孰好惡何諾	어느 것이 좋고 나쁜지 어찌 허락하랴.
誰託幽情兮	누가 그윽한 뜻을 당부하였는지
幸有無事樂	다행히 일 없는 즐거움이 있도다.
可以卒平生兮	평생을 그런대로 마칠 만하니
我有此小庵	나에게 이 작은 암자가 있구나.
僻陋如螺螄兮	후미지고 누추하기가 고동 같은데
半生長抱慚	반평생 오랫동안 부끄러움 안고 살았네.
鬱鬱誰與解了兮	답답한 마음 그 누구와 다 풀 수 있으랴.
只喚道伴乞喫茶	다만 도반 불러 차나 마시자고 할 뿐.
圖中水鏡山屛兮	그림 속에 물은 거울이요 산은 병풍인데
胸襟繪素吹一笛	가슴속 흰 바탕에 풀피리 부는 정경이로다.
修禪山人兮	선 수행하는 산중 사람이여,
只捨生取道	다만 생을 버리고 도를 취할 뿐.
今生可樂兮	이번 생에서 즐길 만하니
一生於順老	살아서 하늘 따라 늙어가야지.

○ 雪山賦
一數日阻雪寒風留草庵 舌不轉語音蹇吃漫書

설산부
一며칠이나 찬 눈바람에 묶여 초암에서 머물다가 혀가 굳어 말조차 잘 나
오지 않아 붓 가는 대로 쓰다.

山水一切氷	산수가 온통 얼어버리니
乾坤白雪白	천지간에 하얀 눈이 희도다.
冬天淸明月	얼어붙은 하늘에 달이 맑고 밝아
塡壑忽空白	골짝을 메우니 텅 비어 하얗구나.
起滅境伴起滅	나고 죽는 땅에서 생멸과 짝하니
此間巋我欲棲	이 높다란 산에 나 깃들고자 하노라.
白雪爲我開山麓	흰 눈이 날 위해 산기슭을 열어주니
我亦效君爲白雪	나 또한 그대 본받아 흰 눈이 되리라.
穢土解氷泱漲	더러운 땅에 얼음 녹아 흘러넘치니
淨土誰謂懇求	누가 정토를 간절히 구한다고 말하랴.
舌咄咄逼我	혀는 날 윽박지르고
我咄咄逼舌	나는 혀를 윽박지르네.
似盲騎瞎馬	장님이 눈먼 말을 타듯
夜半臨深井	밤중에 깊은 우물에 다다랐구나.
周遊爲何事	돌아다니며 무슨 일을 하는지
徒勞盜鹽醬	쓸데없이 소금과 간장을 훔쳤구나.
冷房日悠悠	차가운 방에 하루해 덧없이 흐르는데
一心無痕跡	한마음은 흔적조차 없구나.
曉起且入定	동틀 무렵 일어나 한 차례 선정에 드니
焉此味眞腴	어찌 이러한 맛이 참된 맛이 아니랴.

唯以默言執話頭	오직 묵언으로 화두를 잡으니
郤盡妄念燒煩惱	망념이 사라져 번뇌가 타버렸네.
戴雪松聲動啾啾	눈을 이고 선 솔바람 소리 들으니
恒沙佛祖眞面目	수많은 부처와 조사들 참된 면목이로세.
懶臥聽雪寒風	게으르게 누워 찬 눈바람 소리 들으니
無色笑我色境	무색은 내 색의 경계를 비웃고 있네.
我卽笑而不答	내가 웃으며 답하지 않은 채
離言絶慮割舌	말을 잃고 생각을 끊고 혀를 베어버렸지.
咄咄咄	쯧, 쯧, 쯧
春來汝身變色	봄 오면 네 몸의 빛이 변할 텐데
今冬空色不識	올해 겨울에는 공색도 모르는구나.
平生分別着於我	평생 나에게 분별심이 있으니
愛此白雪爲衿裯	이 흰 눈을 좋아하여 옷과 이불로 삼았노라.
雪山笑曰我	설산이 나에게 웃으며 말하기를
空山末後句	텅 빈 산이야말로 말후구라네.
咄咄咄	쯧, 쯧, 쯧

○ 宇宙流　우주류

嗚呼	아!
無所不包曰宇	감싸지 않는 게 없음을 '우'라 하고,
生成不窮曰宙	낳고 이루어 다함이 없음을 '주'라 하네.
萬物之生	온갖 만물의 삶이란
若存若亡	있는 듯 없는 듯하니
宇宙內一老翁	우주 속에 한 늙은이여,
只作如塵一点	기껏해야 한 점 티끌과 같구나.

嗟夫	아!
刹那刻刻刻流	찰나는 째깍, 째깍, 째깍, 흐르고
流星点点点飛	흐르는 별은 점, 점, 점, 날다가
億劫點滅虛空	억겁도 깜박이다가 허공에 사라지고 마니
流光瞬息間	흐르는 빛은 눈 깜빡하는 사이일 뿐.
嗚呼美哉	오호라, 아름답도다.
自銀河至太陽	은하로부터 태양에 이르러
頂天日周	하늘을 이고 하루에 한 번 돌고
友容玩月	벗 삼아 달을 가지고 희롱하니
像母親懷抱胎	어머니가 태아를 품은 모습이로다.
孤獨藍色一星	외로운 푸른 별 하나,
球體轉運	둥근 물체가 도는데
其上一点	그 위에 점 하나,
今玆是我	지금 여기에서 나는
到底何爲	도대체 무얼 하고 있는지.
是甚麼	이 뭣인고
茫茫宇宙	망망한 우주는
暗黑如漆	어두워 칠흑과 같고
無限如空	무한하여 허공과 같고
冷酷如氷	냉혹하여 얼음과 같구나.
安能宇宙共	어떻게 우주와 함께 할 수 있을까?
潛心定後忽覺中	골똘히 생각하여 홀연히 깨치고 보니
今日支撐一亭亭	오늘도 우뚝 서서 떠받치고 있네.
無始無終宇宙	시작도 끝도 없는 우주,
茫茫渺望無垠	망망하고 아득하여 끝이 없는데
彈空一指兮	허공에 손가락 하나 퉁겨
粉碎須彌山	수미산을 깨트려 부수고

太虛噓氣兮	하늘에 숨 한 번 불어넣자
遂萬竅同鳴	마침내 일만 구멍이 같이 울리는구나.
倚天外而遊嬉	하늘 밖에 기대어 즐겁게 노닐며
牢塵宇宙易戲弄	우주를 티끌에 가둬 쉽게 희롱하니
傾寫衆星入筆管	붓 대롱 속에 뭇 별들 모두 쏟아지네.
蓋緣道由虛廓	대개 도란 허공에서 비롯되니
宇宙百年內	우주 속에 백 년의 인생이라.
寄蜉蝣於乾坤	천지간에 붙어 있는 하루살이 목숨
渺穹蒼之一粟	망망한 하늘가 한 알의 좁쌀이로다.
幾人同生死	생사를 같이 할 사람 몇이나 될지
狹隘不足以容吾身兮	너무 좁아 이 몸조차 용납할 수 없구나.
吾問是我誰	나는 묻네, 나는 누구냐?
俯仰我空	참 나를 굽어보고 우러러보니
一何茫茫	까마득하기 그지없구나.

蟭螟庵集
초명암집

제2권

○ 咄　　　　　악!

眞也祗麼　진짜가 이러하고
假也祗麼　가짜가 이러하니
有無無有　무가 있고 유가 없네.
咄是甚麼　악! 이 무엇인가

○ 贈客僧　객승에게 주다

老柏凌雲碧　늙은 잣나무는 푸른 구름 깔보고
新月照氷寒　초승달이 얼음을 비추니 차갑구나.
欲識山中事　산중의 일을 알아보고 싶거든
請取柏月看　청컨대 잣나무와 달을 보시면 되지.

○ 寄淨行
一病中作 庚子年

정행에게 부치다
一병 중에 짓다, 경자년

久疾經一節　오랜 병에 걸려 한 계절 보내니
天癡坐似禪　바보가 참선하듯 고요히 앉았구나.
霞光來入窓　노을빛이 창가에 들이치는데
滿耳響孤蟬　귓가에 가득 외로운 매미소리 들리네.

○ 我是誰　　나는 누구인가

空來從空去　공에서 와서 공을 좇아가니
來去空中人　오가는 공 가운데 사람이로다.
空中非空者　공 가운데 공 아닌 것,
是我本來身　이게 나의 본래 몸이라네.

○ 題白水竹後
─蒸夏途中 龍沼傍裏暫歇 以用葛藤成筆 一滴白水 岩頭上畫竹

맹물로 그린 대나무에 제하여
─찌는 여름날, 길 가다가 용소 부근에서 잠깐 쉬는데 칡덩굴로 붓을 만들
어서 맹물 한 방울을 찍어 바위 위에 대나무을 그렸다

息汗弄筆硯　땀을 개고 붓과 벼루를 희롱해
飛寫一竿竹　날듯이 한 줄기 대나무를 그려냈구나.
何謂尋筆塚　어찌 붓 무덤을 찾는다고 말하랴
幽節故不俗　그윽한 절개가 있기에 속되지 않네.

*필총(筆塚): 못 쓰게 된 몽당붓을 공양(供養)하기 위하여 묻어놓은 무덤. 퇴필총(退筆塚).

○ 行色
─途中目前遺棄一狗 其貌憔悴而有飢色 以比於我懷悲作

행색
―길을 가다가 버려진 개 한 마리가 눈에 들어왔는데, 그 모습이 초췌하고
굶주린 기색이 있어 나에게 견주어 그 슬픔을 느껴 짓다

邑內雖千家	비록 마을 안에 수천 집이 있지만
無一寄汝麾	널 오라 손짓하며 의탁할 곳은 없네.
緣人看眼色	사람과 인연 맺는데 눈치 살피고
乞食苦如斯	걸식하며 떠도느라 이같이 괴롭구나.

○ 畫中庵　　그림 속의 암자

寂寥林中庵	고요한 숲 속 암자
坐在水墨畫	수묵화 가운데 앉아 있네.
胡爲乎停筆	어찌하여 붓을 멈추었나
枕水懸空挂	물을 베고 하늘에다 족자를 걸었네.

○ 吹毛劍　　취모검

山山水水見	산이 산, 물이 물인 걸 보고
吹劍揚光焰	취모검이 불빛을 떨치는구나.
山水水山覺	산이 물, 물이 산인 걸 터득하여
宇內火煩斂	우주 안에 불타는 괴로움을 거두었네.

*취모검(吹毛劍): 가벼운 터럭을 칼날에 대고 입으로 불면 잘릴 정도로 예리한 칼.

○ 贈釋學海　　　학해 스님에게 주다

日出天王峯　　천왕봉에 해가 떠오르니
南冥杳遠天　　남쪽 바다 아득하고 하늘도 멀어라.
汲飲碧岩泉　　푸른 바위 틈 샘물 길어 마시고
飛袖下蒼煙　　소매 날리며 안개 속을 내려오네.

*天王峯是方丈山頂　　*천왕봉은 방장산 정상이다.

○ 世路　　　　세상 살아가는 길

岐路吞吐忙　　갈림길에서 삼키고 뱉느라 바쁘네
應緣食與錢　　으레 밥과 돈 때문이겠지.
不知天復地　　하늘도 또 땅도 모른 채
白盡鬢鮮然　　귀밑털만 허옇게 다 세었구나.

○ 贈盜飯　　　밥도둑에게 주다

槌碎鐵圍山　　철위산을 망치로 깨뜨리니
一峰壞二石　　한 봉우리가 두 개의 돌로 무너졌구나.
配石生石兒　　그 돌이 짝을 지어 돌 아이를 낳으니
何不喫香積　　어찌 여래의 음식을 먹지 않는지.

*철위산(鐵圍山): 불교의 세계관에서 세계의 가장 끝에 있는 산. 금강산(金剛山), 금강위
　　　산(金剛圍山)이라고도 한다.

*향적(香積): 향적여래(香積如來)의 음식물인 향적반(香積飯)의 준말로 승려의 음식을 가리킨다.

○ 淨行
—要離欲樂 一行三昧修行

己亥季一淸信女 以其法名求偈 余時年六十六 藏舌放筆久矣 其請之勤勤 强下拙筆云

깨끗한 보살행
—욕락을 벗어 일행삼매 수행을 하라.

기해년 한 청신녀가 자신의 법명에 대한 게송을 지어달라 하였다. 당시에 내 나이 예순여섯에다 혀를 감추어 붓을 놓은 지가 오래되었으나 그 청이 워낙 간곡하여 억지로 서툰 붓을 든다.

幽香渡娑婆   그윽한 향기는 사바를 건너고
秀色明眞空   빼어난 빛은 진공을 밝혀 주네.
欲盡寫淸淨   청정함을 다 묘사하려면
方知筆塡籠   다 쓴 붓이 대그릇을 채워야 하리라.

○ 曉雪   새벽에 내리는 눈

雪花埋草庵   눈꽃이 초암을 덮었는데
氷錐結茅簷   고드름이 처마에 달렸구나.

100

世事將髮白　세상일에 머리털은 하얗게 변하고
凍筆已無尖　언 붓 끝은 이미 뾰쪽하지 않네.

○ 孤行楓洞　단풍 든 골짜기를 홀로 가며

達摩面壁罷　달마가 면벽 수행을 끝내고 나니
餘彩散成隅　남은 채색 뿌려 한 모퉁이 이루었구나.
欲把西來意　서쪽에서 오신 뜻을 알고 싶은데
葦渡未必無　갈대 타고 건넌 일 있음직도 하겠네.

○ 臥禪　누워서 하는 참선

無人臥夜半　아무도 없어 한밤중 누웠으니
水聲一江孤　한 줄기 강에 물소리 외롭구나.
滿載心中月　마음 가운데 달빛 가득 싣고
泛舟波浪無　배 띄우니 물결조차 일지 않네.

○ 淨心　깨끗한 마음

終日修坐忘　종일 좌망을 수행하는데
却暗處見光　되레 어두운 곳에서 빛을 보네.
菩提煩惱伴　보리와 번뇌가 짝하노니
心如如來藏　마음은 청정한 법신과 같구나.

*좌망(坐忘): '손발이나 몸이라는 것을 잊고 귀나 눈의 작용을 물리쳐 형체를 떠나 지식을 버리고 위대한 도와 하나가 되는 것을 말한다.' "墮肢體 黜聰明 離形去知 同於大通 此謂坐忘." 『장자莊子』, 대종사大宗師.

*여래장(如來藏): 중생의 번뇌 가운데 덮여있는 본래의 맑은 여래법신. 번뇌가 있어도 번뇌에 더러워짐이 없고, 본래부터 절대 청정하여 영원히 변함없는 깨달음의 본성을 말한다.

○ 寄釋學海
—碧巖錄一帙到 以短絕奉謝一博笑

학해스님에게 부치다
—벽암록 한 질이 도착하여 짧은 절구로 사례하니 한번 널리 웃어주시길,

手中碧巖錄	손 안에 들어온 벽암록이
牽動臨濟禪	임제의 선법을 이끌어주네.
料得圓悟話	원오선사의 화두를 짐작하건대
傳來千古玄	천고의 현묘함을 전하여 왔으리라.

○ 筆法　　　　필법

綺言費楮毫	번지레한 말은 종이나 붓이 닳고
長舌自割刀	긴 혓바닥은 스스로를 베는 칼이로다.
得之於象外	사물의 형상 너머에서 터득하여
未到筆氣滔	붓이 이르기도 전에 기운이 넘치네.
默言萬象外	온갖 사물 밖에 아무 말 없으니

102

一筆對千豪　　　붓 하나로 일천 호걸을 상대하도다.

○ 爲什麼求佛　부처는 왜 찾나

如何是眞佛　　　무엇이 참된 부처인가
螻蟻屬同列　　　땅강아지와 개미가 같은 반열에 드네.
趙州擧狗子　　　조주는 개까지 헤아렸는데
有無佛性滅　　　유와 무, 불성이 사라져버렸네.
群生皆般若　　　모든 중생이 반야이니
不關吾分別　　　분별은 내 상관할 바 아니네.

*조주(趙州): 조주종심(趙州從諗, 778-897) 중국 당나라 말기의 선승이다. 남전보원(南泉
　　普願)의 제자로 속성은 학(郝)이며, 산동성(山東省) 조주(曹州) 출신으로 어
　　려서 고향의 용흥사에서 출가했다.

○ 雪夜　　　　눈 내리는 밤에

日月逝無事　　　세월이 흘러가도 일이 없는데
乾坤浮此生　　　천지간 이 몸은 뜨내기 인생이로다.
隱名俗眼白　　　이름을 숨기니 속인들이 눈을 흘기지만
窄室寸心淸　　　좁은 방에도 한 조각 마음이 맑아지네.
宇宙一拳土　　　우주는 한 주먹 흙인데
春入臘近英　　　세밑 가까이 꽃부리에 봄이 들었구나.
誦經曾未已　　　경전을 외우다가 미처 끝나지 않았는데
雪月獨關情　　　눈 내린 달밤, 홀로 마음에 걸리네.

○ 相思花　　상사화

花開無葉兮	꽃이 필 때는 잎이 없고
有葉無花兮	잎이 있을 때는 꽃이 있지 않네.
故花戀慕葉	그러므로 꽃은 잎을 그리워하고
戀葉想花兮	사랑하는 잎은 꽃을 그리워하여도
終難相見兮	끝내는 만나기 어렵구나.
看花如是兮	이같이 꽃을 볼지니
可憐無定相	어여뻐라, 일정한 상이 없어서
不落兩邊兮	양변에 떨어지지 않는구나.

○ 天籟
—莊子云 夫天籟者 吹萬不同 而使其自己也

천뢰
—장자가 이르길, "무릇 천뢰라는 것은 만물의 소리가 죄다 다르지만, 그것은 자신으로부터 나오는 것이다."라 하였다.

通衢虛空叫	사거리에서 허공이 외치니
有物與汝賣	네게 팔고 싶은 물건이 있다네.
我問賣何物	어떤 물건을 파느냐 내가 물으니
笑吾天癡戒	날 비웃으며 천치를 경계하라 하네.
玄乾無聲臭	하늘은 소리도 냄새도 없으니
巧拙不許債	익숙함과 서툶을 빚지지 않네.
誰能寫其情	누가 그 뜻을 제대로 묘사하랴
出世苦迫隘	세상을 벗는 게 어찌나 궁박한지.

104

○ 早朝喫粥偶書   이른 아침 죽을 먹고 우연히 쓰다

蘭若在深峪	절은 깊은 산속에 있어
古風暗綠朱	옛 절간의 단청 빛이 어둑하구나.
破筧餘點滴	깨진 대 홈통에 물줄기 아직 남아
粥了洗鉢盂	죽을 다 먹고 나서 발우를 씻네.
嗟落刻骨貧	아, 슬퍼라, 뼈저린 가난 속에 빠져도
願我成佛扶	원하건대, 나는 부처를 이룰진대,
今日何飯錢	오늘 밥값이 얼마인지
還曾會也無	자! 알겠는가, 모르겠는가?

○ 冬夜一筆揮之   겨울밤에 일필휘지하고

久定雪盈尺	오래 선정에 드니 눈이 쌓이고
冷房感寒慄	차가운 방은 으스스 떨리는구나.
呵筆寫禪詩	붓 호호 불어 선시를 베끼는데
拈花不可述	깨달음의 경지는 말할 수 없구나.
骨精得竹筆	뼈의 정기가 대 붓을 얻었으니
尖頭詩眼出	뾰족한 붓끝에 시의 안목 드러나네.
物外遙書空	외물 밖 아득히 허공에 글자를 쓰니
誰識造化術	누가 조물주의 솜씨를 알겠는가.

*시안(詩眼): 시인이 사물을 관찰하여 시상의 제재로 쓰는 안목, 혹은 시를 품평하거나
　　　　감식하는 안목을 말한다.

○ 客中自嘆
一我居之處 皆是他鄕 猶居蘭若 恰似遊客 只是皆空

나그네살이 중에 스스로 탄식하며
一내가 머무는 곳마다 타향이니 비록 암자에 머물러도 떠도는 나그네와 같
으니 이 모두가 공할 뿐이다

夢裏迷淨土　　꿈결에 청정한 땅에서 헤매다가
忽覺客塵寒　　홀연히 깨고 나니 번뇌가 차갑구나.
今朝照古鏡　　오늘 아침 옛 거울을 비추어보니
伴影一燈殘　　그림자 짝하는 건 가물대는 등불 하나.
世波危物外　　세상 풍파는 한 물건 밖에 위태롭고
人情亂心肝　　인정은 사람의 마음을 어지럽히네.
朝粥頻夕肌　　아침에 죽 먹고 저녁은 자주 굶으니
行脚幾時寬　　떠도는 일은 어느 때나 풀릴 것인가.

○ 獨居樂　　　홀로 사는 즐거움

柴門客自絕　　사립문에 손님 저절로 끊어지니
居貧臥曲肱　　가난하게 살며 팔을 베고 누웠다네.
地窄膝猶舒　　땅이 좁다 해도 무릎은 펼 만하고
長天欲乘鵬　　아득한 하늘에 붕새 타고 오르리라.
顚風吹陋庵　　누추한 암자에 미친 바람 몰아치니
瀑雨灑寒燈　　세찬 비에 등불이 젖어 썰렁해라.
天外周遊後　　하늘 밖에 두루 노닐고 나니
道心靜而應　　도 닦는 마음이 고요하게 화답하네.

○ 贈學僧
—癸巳年初春參問來

학승에게 주다
—계사년 초봄에 참문하러 왔기에

佛卽乾屎橛	부처란 곧 마른 똥 막대기인데
愚人未信全	어리석은 사람은 온전히 믿지 않네.
誰擧頓悟法	화들짝 깨달은 불법을 누가 거량하는지
體用不透圓	체와 용이 원만하게 뚫지 못하네.
千里本毫釐	처음 삐끗하면 천 리나 어긋나고 마는데
何必說妙玄	어찌 꼭 현묘함을 얘기하랴.
道是常喫茶	도는 늘 차 마시는 일이니
喫茶而去傳	그대도 차나 마시고 가라 전하네.

*거(擧): 거시(擧示)의 준말. 공안(公案)을 드는 것. 혹은 선승(禪僧)이 자기의 선풍(禪風)을
드날린다는 뜻인 거량(擧揚)을 말한다.

○ 一柏　　　　잣나무 한 그루

移植一尺㯹	한 자 어린 잣나무 옮겨 심었는데
昂霄有期格	하늘 찌르고 대적할 기약이 있구나.
渺形豈素殊	모습은 작은데 어찌나 바탕이 기이한지
此境復誰逆	이러한 경지를 다시 누가 막으랴.
不遠有麝香	부처님 사는 곳이 멀지 않은데
破鞋踵佛跡	헤진 짚신도 부처의 자취를 밟네.

已矣把空禪　텅 빈 마음잡는데 선이 그만인데
尚亦問庭柏　오히려 뜰 앞의 잣나무에게 물을 뿐.

*백(柏): 정전백수자(庭前柏樹子). 뜰 앞의 잣나무. 불교 선종의 공안(公案)으로 『무문관』
　　제37칙이다. "조주선사께 한 승려가 물었다. '조사가 서쪽에서 오신 뜻이 무엇입
　　니까?' 조주가 말하길, '뜰 앞의 잣나무니라.' 趙州因僧問 如何是祖師西來意 州
　　云 庭前柏樹子"
*유사향(有麝香): 부처님이 사는 불국토.
*파혜(破鞋): 파초혜(破草鞋). 떨어진 짚신처럼 아무 소용없다는 뜻이다.

○ 觀心　　마음을 보다

無事幽靜坐　일없이 그윽하게 고요히 앉아
舉思觀心態　생각을 들어 마음의 모양을 살피네.
蟀聲自和悅　귀뚜라미 소리는 사근거리며 들리는데
口業多煩碎　입이 짓는 업은 아주 자질구레하네.
彼由天然動　저것은 하늘의 섭리대로 움직이고
此來私欲晦　이것은 사사로운 욕심이 어둡기 때문이지.
於斯愼揀擇　이에서 신중하게 간택하여
不要毫釐貸　털끝만큼도 어긋나지 말아야지.

○ 自遣　　스스로 마음을 달래며

冬夢忽已回　겨울 꿈 문득 이미 깨고 보니
滿目白蝶飛　눈 가득 하얀 나비가 날아다니네.

夢夢欺人睡	흐리멍덩하게 잠든 사람 속이느라
飛飛爐上霏	화로 위에는 눈발이 날아드는 듯.
覺來寂無物	깨치고 보면 고요해 한 물건도 없어
心外無法歸	마음 밖에 법이 없는 데로 돌아가네.
前佛後佛繼	앞 부처와 뒤 부처가 서로 이으니
如如已忘機	분별이 끊어져 이미 무심하구나.

*심외무법(心外無法): 마음 밖에 법이 없으니, 마음 밖에서 법을 찾지 말라는 뜻이다. 즉 눈에 보이는 삼라만상 그대로가 마음의 거울이다.

○ 贈法子一偈 법제자에게 한 게송을 주다

無相元無物	상 없으니 원래 한 물건도 없는데
何生別有天	어디서 생긴 별천지인가.
已深鑿久參	이미 깊이 뚫어 오래 참구하여
垂手後入塵	손을 드리우고 저자에 들어가네.
淨行煩惱斷	깨끗하게 행하여 번뇌가 끊어지니
欲燒之不燃	태우고자 해도 불타지 않는구나.
雷電如可聽	만약 벼락 치는 우레 소리 듣는다면
一悟進佛前	한번 깨쳐 부처님 앞에 나아가리라.

*수수후입전(垂手後入塵): 십우도(十牛圖)의 열 번째 단계인 입전수수(入塵垂手)는 속세로 나아가 중생을 제도하는 것을 상징한다.

○ 汲翁　　　　물 긷는 늙은이

珌珌石間泉　　쫄쫄거리는 바위틈 샘가
飽飮山水翁　　늙은이가 실컷 산과 물을 마시네.
胡爲如立偶　　어찌해 허수아비처럼 서서는
觀水與山聾　　물 보며 산 보며 귀 닫고 있네.
榮辱渾似夢　　영화와 치욕이 꿈처럼 흐릿하니
閑心比空籠　　한가한 마음일랑 빈 바구니에 견주네.
其外無一物　　그밖에 한 물건도 없으니
何日乘彩虹　　언제 채색 무지개 타고 오를까.

○ 一隻眼　　　마음의 눈

誰知無價寶　　값없는 지극한 보배를 누가 알랴
虛簷剩禪凉　　빈 처마에 넘치는 선풍의 서늘함을.
藏在本來心　　본래의 마음속에 감춰 있으니
要不愧天皇　　하늘에 부끄러움 없길 바라노라.
電光冬月見　　번쩍, 번개 불빛을 겨울 달밤에 보니
隻眼放神光　　외짝 눈이 신령스러운 빛을 발하네.
不是寒徹骨　　추위가 뼈에 사무치지 않으면
爭得梅花香　　어찌 매화 향기를 얻을 수 있으리.

○ 春事
―早春墅洞弊庵卜居時作

봄 일
─이른 봄 깊은 골짜기 낡은 암자에 살 때 짓다

霏霏雨點疎　　가랑비가 보슬보슬 내리자
細細梅花落　　매화꽃이 하늘하늘 떨어지네.
淸晨起面壁　　맑은 새벽에 일어나 벽을 대하니
瀟洒一念約　　산뜻하여 한 생각을 기약하네.
松根上入定　　솔뿌리에 걸터앉아 선정에 들어
團破松子落　　의단이 깨지자 솔방울 툭, 떨어지네.
三昧返照中　　삼매에 빛을 돌이켜 자성을 보니
獨覺落處泊　　홀로 깨달아 본래자리에 머무네.

*의단(疑團): 화두 수행 중에 늘 풀리지 않고 남아있는 큰 의심덩어리. 이에 초점을 맞추
　　　　　어 정신을 집중함으로써 마음을 비워 본래 면목을 찾아 불심(佛心)으로 돌
　　　　　아간다.
*낙처(落處): 본래자리. 궁극적 귀착(歸着) 또는 요지(要旨)를 말한다.

○ 入定　　　　선정에 들어

靜坐擧話頭　　고요히 앉아 화두를 들고
深入甚麼功　　뭣인가, 좌선에 깊이 들어가네.
誰言破疑團　　누가 의심 덩어리를 깬다고 말하나
達道性執中　　도를 통하면 성품은 중도를 잡네.
乾坤萬年屛　　천지는 만년의 병풍이고
禪風不死工　　선풍은 죽지 않는 장인이로다.
念念提鐵筆　　생각 생각마다 철필을 손에 쥐고

全寫漏心容　　번뇌의 모습을 온전히 그려내네.

○ 江上
―與石坡行脚中洛東江作

강가에서
―석파스님과 행각 중에 낙동강에서 짓다

夢破秋夜江　　가을 밤 강가에서 꿈 깨어보니
扁舟遙動空　　조각배 아득히 허공에 흔들리네.
飛雪亂蘆花　　눈 내리자 갈대꽃 어지러운데
行客問蓑翁　　길손이 삿갓 쓴 노인에게 묻노라.
什麼是花雪　　무엇이 눈인지 꽃인지
吞鉤魚幾終　　낚시에 몇 마리나 물었는지.
無言翁只笑　　말없이 노인은 다만 웃을 뿐
虛舟寄飛鴻　　빈 배 타고 기러기 편에 부쳐주길.

○ 夫婦松
―今在河東岳陽平沙里

부부송
―지금 하동군 악양면 평사리에 있다

偃蓋梅雨路　　매화 비 내리는 길가, 우거져 드리우고
蒼髮對姸肩　　푸른 머리카락에 예쁜 어깨 맞대고 있네.

半空聞蟾江　　허공에 반쯤 걸친 채 섬진강 물소리 들으며
愛曲奏無絃　　줄 없는 가야금으로 사랑가를 연주하네.

可笑俗情誤　　속된 정일랑 잘못이라 비웃을 만한데
枝迎無色鮮　　가지는 아무 색깔 없이 깨끗이 맞이하네.
二根同心結　　두 뿌리는 한마음으로 맺어졌으니
吾欲問媒仙　　나는 중매하는 신선인지 묻고 싶구나.

○ 苦雨　　　장마

久雨從宵入　　장마 비가 밤부터 시작되어
浪浪連到明　　아침까지 주룩주룩 한결같구나.
且置暫運力　　잠시 일손은 그만 놓는다고 해도
泥路苦難行　　진창길 가기는 괴롭기도 하겠네.

向曉簷溜聲　　새벽녘 처마에 낙숫물 소리 들리고
終日透簾輕　　종일토록 빗방울이 주렴에 얼비치네.
空花忘歸路　　허공의 꽃이 돌아갈 길 잊으니
聽雨棄世情　　세상 인심 버려두고 빗소리나 듣네.

○ 格外消息　　격외소식

消息言不立　　소식은 언어로 전할 수 없어
龜毛以傳心　　거북이 털로써 마음을 전하네.
蓮花著此間　　연꽃이 이 사이에 드러나서

微笑亦奇今　　미소 지으니 지금도 기이하네.

棒喝從禪師　　선승에게 방과 할이 따르지만
靑梅未近臨　　풋 매실이 아직 가까이 있지 않네.
一指參話頭　　한 손가락 화두가 경지에 드니
莫作宗風沈　　종풍이 가라앉지 않도록 하게.

*참화두(參話頭): 화두를 간(看)할 때 용맹심을 불러일으켜 참된 의심(眞疑)이 생겨 무심
　　(無心)한 경지를 말한다.

○ 對秋山　　　가을 산을 바라보고

笑我懷如海　　날 비웃느라 생각은 바다 같은데
捲簾雨送秋　　주렴 걷으니 비가 가을을 보내는구나.
深山楓影老　　깊은 산에는 단풍 그림자 늙어가고
遠空鴈聲流　　먼 허공에는 기러기 울음이 흐르네.

霽雲便漫步　　구름 걷히자 곧 한가롭게 걷노라니
一曲留心頭　　한 곡조가 마음속에 머뭇거리고 있네.
斷崖色色好　　끊어진 벼랑은 울긋불긋 아름다운데
金風體露休　　가을바람은 몸 드러내 쉬고 있구나.

○ 自道幽意　　스스로 그윽한 뜻을 말하며

小庵吾卜居　　작은 암자에 내가 사노니

水林與幽寂　　물가 숲은 그윽이 고요하구나.
晚步山雨過　　느지막이 산책하니 산에 비가 지나가는데
霑笛池中滴　　젖은 피리소리가 연못에 방울지네.

梨花覆虛井　　배꽃은 빈 우물에 떨어지는데
竹陰生怪石　　대숲 기이한 바위에는 그늘이 지네.
端居藏舌默　　단정히 살며 혀를 감추고 고요하니
階前無人客　　섬돌 앞에는 아무 손님도 없구나.

○ 狂言　　　　미친 소리

大椿裁作枕　　대춘을 잘라 베개 만들고
崑崙截爲鉞　　곤륜산을 끊어 도끼로 삼네.
登臨白頭飮　　백두산에 올라서 마셔버리니
天池一去竭　　천지가 단번에 말라버렸네.

○ 其二　　　　두 번째

泰山纔如案　　태산은 겨우 서안이나 될까 말까
南冥不滿壺　　남쪽 바다는 술병에도 차지 않구나.
聊將九乾燭　　그저 너른 하늘을 화톳불 삼아
欲燔喫鵬雛　　대붕의 새끼나 구워 먹어야지.

*대춘(大椿): 『장자(莊子)』 소요유(逍遙遊)에 팔천 살 동안은 봄으로 삼고, 팔천 살은 가
　　을로 삼았다는 거대한 나무.

○ 遊紅流洞

―陜川伽倻山麓在海印寺 爲第一名勝 寺而行五里 有崔致遠題詩石 後人名
其石曰致遠臺

홍류동에 노닐며

―합천 가야산 자락에 해인사가 있으니 제일의 명승이다. 절을 따라 오리쯤 가
면 최치원의 '제시석'이 있다. 후세 사람들은 그 바위를 일러 '치원대'라고 한다

孤泝紅流上	홀로 홍류동을 거슬러 올라가니
籠山亭直隅	농산정이 곧장 모퉁이에 서있구나.
雲林幽色靜	구름 두른 숲은 그윽한 빛이 고요하고
碧巖一塵無	푸른 바위에는 티끌 한 점도 없네.

又   또

溪流通海印	계곡 물은 해인사로 통하는데
俗云紅流洞	세상에서는 홍류동이라 부른다네.
孤雲書巖刻	고운 선생이 바위에 시를 새겼으니
題詩石慟空	제시석이 허공에서 울고 있구나.

○ 挽雪嶽霧山和尙   설악무산 화상 만시

雪嶽松碧茂	설악산 소나무는 푸르게 무성한데
輓章菊素滋	만장 휘날리니 하얀 국화꽃 더하였네.
造物或奇怪	조물주의 뜻이 간혹 기괴하노니
浮生不定期	덧없는 인생, 앞날을 기약할 수 있나.

116

載道皆佛說　도를 실으니 다 부처님 말씀이라 말하지만
佛法誠難思　불법은 참으로 헤아리기 어렵구나.
吾生終且休　우리네 인생 마침내 끝나서 쉴 터인데
樂靜復奚疑　고요함을 즐길 뿐 다시 무얼 의심하리오.
傳燈枯向榮　법의 등불 전하여 죽은 나무가 싹을 틔우니
正値春五時　봄 오월 시절을 그야말로 만났구나.

○ 笑翁　　　늙은이를 비웃으며

可笑蟭螟子　가소롭다, 초명자여!
窄地長悲吟　좁은 땅에서 오랫동안 슬픈 노래 부르네.
何罪我獨跼　무슨 죄지었기에 나 홀로 웅크린 채
未歸溫胸襟　아직 돌아가지 못하고 흉금을 씻어내는지.
賤筆元自淫　천한 글 솜씨가 원래 어지럽지만
猶懷山水心　그래도 산수 즐기는 마음을 품었구나.
乾坤晝夜浮　천지는 밤낮으로 떠있는데
山爲枕雲衾　산을 베개 삼고 구름을 이불 삼네.
幽然吟風弄　그윽이 풍류를 희롱하며 읊조리니
誰識此心琴　누가 이 심금을 알리오.

○ 蝸牛庵
―門徒新築一庵 以其堂號求一偈

달팽이 암자
―문도가 새로 암자를 지어 그 당호로써 게송을 구하기에

此庵卜居誰	이 암자에 사는 이 누군가
其恐白癡住	아마도 바보가 사는지 모르겠네.
寂寞蝸牛庵	적막하구나, 달팽이 암자여!
虛名恐更露	헛된 이름이 드러날까 두렵네.
負家獨慢匍	집을 지고 혼자 느릿하게 기어도
不借他歪路	남의 삐딱한 길은 빌리지 않네.
有角不能觸	뿔 있어도 들이받을 줄 모르고
有殼自爲墓	껍질이 있어 제 무덤을 삼는구나.
羞同酣蟲爭	벌레들과 다투는 걸 수치로 여겨
寧登壁上枯	차라리 벽에 기어올라 말라죽네.

○ 口吟　　입으로 읊다

生平先修心	평생 마음 닦는 걸 먼저 하였고
只自任淸貧	다만 맑게 가난하고자 자임하였네.
胸中懷詩句	가슴 속에는 시의 구절을 품고
頭頂戴天眞	정수리에는 천진을 이고 살았네.
誰明迷悟同	누가 미혹함과 깨침이 같은 걸 밝히며
何知貪物塵	어찌 외물을 탐하는 게 티끌인 줄 아는지.
山路客來稀	산길에 나그네 발길마저 뜸하니
臘盡掩扉頻	섣달 다 가도록 자주 사립문을 닫아두네.
夜雪堆菴蓋	밤새 눈이 암자 지붕에 쌓이는데
雙脚等閒伸	두 다리 뻗고 사니 한가롭구나.

○ 見燈下麼也
─麼也卽幻相 上帝之影子

등불 아래 허깨비를 보고
─마야는 곧 허깨비의 모양인데 상제의 그림자이다

煎熬以自盡	자신을 졸여서 스스로 없어지고
膏火有光熒	불타서 빛나는 저 등잔걸이를 보게나.
轟轟陋屋振	우르릉 천둥소리에 누추한 집 들썩이고
燁燁竹牕明	대나무 창호에는 번개 불빛이 번쩍거리네.
動怕使震驚	겁에 질려 놀라 떨게 하는데
去明目不盲	눈 밝지 않아도 볼 건 다 보네.
如聞鬼魅過	도깨비 귀신이 지나가는 듯
恐似蛟龍鳴	흡사 교룡이 울부짖는 듯.
達摩傳安心	달마조사가 안심 법문을 전하니
心來與心平	마음을 가져오면 마음 편하게 하리.

*마야(麼也): 마야(摩耶). 끊임없이 변하는 무상한 허깨비 같은 현상을 깨닫지 못하고 그
것을 실체로 착각하는 무지(無知)를 말한다.

○ 寫阿含經   아함경을 베끼고

茅簷虛且睡	오두막 처마 텅 비어 조는데
精深寫空經	깊은 정성 다해 공경을 베끼네.
眼根易染色	안근은 색에 물들기 쉽고
世間空無形	세간의 공함은 모양이 없구나.

佛說大化中	부처님 법은 대자연 가운데 있어
無爲卽無溟	억지가 없으니 곧 어둡지 않네.
誰嘆千載遙	누가 천년이 멀다고 탄식하는지
前同我心惺	예전같이 내 마음은 깨어있네.
珍重信證法	진중하게 불법을 믿고 증명하니
老越發香庭	늙을수록 뜰에는 향기가 나네.

*공경(空經): 『잡아함경』 제9권. 부처님께서 사밋디 비구에게 육근에서 비롯한 세간의 공
함을 설하신 경전.

○ 夢中陷入地獄　꿈속에 지옥에 빠져

入天光鍊刀	하늘로 솟아 불린 칼날 빛나고
深壑限封關	깊은 골짜기는 관문이 막혀있네.
閻王吐舌頭	염라대왕이 혀를 날름거리니
地獄渡苦寰	지옥이 괴로운 세상을 건너가네.
雖墮刀山獄	비록 칼산지옥에 떨어져도
魂魄不散還	혼백은 흩어져 사라지지 않구나.
經百千萬劫	백천만 겁을 지나더라도
穿腸破肚潺	창자가 뚫리고 배가 터져 새는구나.
血流成大河	피가 흘러 큰 강을 이루고
悽慘不睹顏	처참하여 그 얼굴을 볼 수 없네.
秋風一葉落	가을바람에 잎 하나 떨어지니
吾越孤刀山	나 홀로 칼산을 넘어가노라.

○ 汝矣盜穴　　여의 도적굴

行僻兼口利	행실은 가볍고 입은 번들거리고
枕流漱石舌	혀는 엉뚱한 말로 억지로 우기네.
蒼蠅好聚廁	쉬파리는 뒷간에 우글거리고
自能滋蛆竊	구더기는 저절로 불어나 훔치네.
盜賊奔蕩國	도적들이 나라를 분탕질하여
生民吮膏血	백성의 삶에 고혈을 빠는구나.
非義而食了	의롭지 않은 건데 먹어치우면
焉幾非盜穴	어찌 도둑의 소굴이 아니겠는가.
不勞而已飽	애쓰지 아니하고 제 배를 불리면
何是爲蟲列	어찌 벌레 나부랭이가 아니랴.
每喫飯必戒	밥 먹을 때마다 꼭 경계할지니
只要汝愧滅	오직 넌 부끄러워 사라지길.

*침류자석(枕流漱石): 중국 진(晉)나라에 "손초(孫楚)"가 풍아한 생활을 표현한다는 걸, '돌을 베고 물로 양치하다(枕石漱流)'를 실수로 '물을 베고 돌로 양치하다(枕流漱石)'으로 잘못 썼다. 즉 자신의 말을 옳다고 억지로 우기는 걸 뜻한다.

○ 歎蠹
―久雨下詩卷不可曝曬了 對此弄蠹蟲歎作

좀을 탄식하며
―장마가 와서 시를 엮은 책을 볕에 말리지 못하였다. 이를 보고 좀 벌레를 희롱하여 탄식하며 짓는다.

生平喜讀書	평생 책 읽길 좋아해서
恒坐机案前	늘 책상 앞에 앉아 있었지.
只汝有詩癖	너는 시 좋아하는 버릇이 있을 뿐
習着害修禪	집착은 선 수행에 해가 되지.
爲學未心得	학문은 아직도 마음에 터득하지 못하니
眞性見已顚	진실한 성품은 이미 엎어졌구나.
山中藏避世	산중에 숨어서 세상을 피하여
晚貪拙文箋	느지막이 서툰 글 쪼가리를 탐하네.
書蠹破孔卷	좀이 책에 구멍을 내어 못쓰게 하는데
蝕紙如妙玄	종이를 갉아 먹으면 현묘한 듯.
若是知識容	지식이 이 정도면 용납하리니
夫復加何煎	애태울 게 뭣이 더 있으랴.

○ 啄木鳥　　딱따구리

瞭解有蟲子	애벌레가 있는 곳을 잘 알아
啄木圓洞深	나무에 둥근 구멍 깊이 쪼아대니
簌簌米粉落	쏴쏴 쌀가루가 체에 떨어지듯
啪啪竹篦音	탁탁 죽비 치는 소리가 나는구나.
嘴咬飛走了	부리에 벌레 물고 달아나니
天然無情合	천연함과 무정함이 합하였네.
生死是自然	생사가 곧 자연이니
林下修禪今	지금 나무 아래 선법을 닦고 있네.
何必論得失	어찌 반드시 득실을 따지랴
前生僧或禽	전생에 스님인지 혹시 날짐승인지.

僧鼓木鐸聲　스님이 목탁 두드려 소리 나니
十方振安心　시방세계에 떨쳐 마음 편안해지네.

○ 處中　　중도에 머물러

避世雖難法　세상 피해 사는 게 어려운 법이나
其訣芟除胎　싹을 베어버리는 게 그 비결이라네.
虛名吾必忌　헛된 명성을 진정 싫어하는 나지만
積惡果常催　악업을 쌓으면 늘 과보가 따라오지.
修禪平生事　선 수행은 평생 해야 할 일이니
一念只花開　한 생각만이 오직 꽃을 피울 뿐.
年衰折機鋒　나이 들어 쇠약하니 기봉은 꺾이고
破格招電雷　격식을 깨니 우레와 번개를 부르네.
養拙貶何有　졸함을 기르니 어찌 깎아내리랴
居靜覺心來　고요히 머물러 마음을 살피게 되네.
唾面終自乾　얼굴에 침 뱉어도 끝내 절로 마르고
卑近意悠哉　낮고 가까운 뜻은 유유하구나.

○ 蒼蠅賦　쉬파리를 읊다

蒼蠅一群來　쉬파리 한 무리가 몰려오니
軍陣似尿湧　군진을 친 게 오줌 샘솟는 듯하네.
嗡嗡定何貪　웅성거리며 정작 무얼 탐하는지
敖世揮不動　세상 깔보아서 떨쳐도 꿈쩍 않네.
入夜稍廚息　밤 되면 잠시 부엌에서 쉬다가

曉集已洶洶	새벽에 이미 세차게 밀려드네.
長衫恣點汙	긴 적삼을 방자하게 오물로 더럽히고
鉢盂覓隙孔	발우에는 틈이나 구멍을 찾는구나.
乍眠忽復驚	잠깐 졸다가 돌연 놀라서 깨니
日斜受慢弄	해는 기우는데 만만하게 희롱하네.
酷暑暴增飛	찌는 더위에 사납게 늘어나 날고
夏去爲爾恐	여름이 지나도 너희들이 두렵구나.

○ 雪夜述懷　눈 내리는 밤에 회포를 적다

白雪亂紛紛	흰 눈이 어지러이 날리며
吹入冷欄干	차가운 난간 안에 불어오는구나.
悄悄人無跡	고요히 인적마저 끊어졌는데
盡日聽氷灘	종일토록 얼음 여울물 소리 듣네.
塵世破空外	티끌 세상은 깨진 허공 밖에 있으니
夜深心琴彈	밤 깊어 마음의 거문고를 타노라.
自樂幽棲僻	외진 곳에 사는 걸 그윽이 즐기니
竹林擁小巒	대숲이 작은 산을 끼고 있구나.
蝸牛乍破睡	달팽이 뿔에서 언뜻 잠 깨어
何立百尺干	어찌 백척간두에 서있는지.
不動進一步	움직이지 않고 한 걸음 나아가면
十方全身觀	시방세계가 온 몸을 드러내 보이네.
道在屎溺兮	도는 똥오줌에도 있나니
身留色界安	몸은 색계 속에 편히 머무네.

○ 題座壁　　　앉은 자리 벽에 쓴 시

物緣心能通　　외물의 인연은 마음이 통하니
閉關只呼孩　　문 닫고 다만 어린애를 불러보네.
呼吸通一竅　　호흡은 한 구멍으로 통하고
天地玄牝回　　천지는 도의 본원으로 돌아오고
心有無色經　　마음에는 무색의 경전이 있으니
不用文筆才　　문필의 재주는 쓸모가 없구나.
釋迦不出世　　부처가 세상에 나오지 않고
達摩不西來　　달마가 서쪽에서 오지 않아도
于今釋家風　　지금까지 석가 집안의 가풍이니
殺佛殺祖推　　부처를 죽이고 조사를 여전히 죽이네.
本來無一字　　본래 한 글자도 없는데
四時放光雷　　사철 빛과 우레를 쏟아내니
佛法遍天下　　불법이 세상에 두루 퍼져
春風花滿開　　봄 오면 꽃이 활짝 피어나네.

○ 日常茶事　　　매일 차 마시는 일

四維悄無人　　사방이 고즈넉하여 아무도 없는데
虛簷明月鮮　　빈 처마에는 밝은 달이 뚜렷하구나.
胷中有一句　　가슴 속에 한마디 말이 있지만
不立言語全　　온전히 언어로는 말할 수가 없네.
若問甚麼語　　누가 이게 무어냐고 묻는다면
一指白牛牽　　한 손가락 가리켜 흰 소를 끌리라.
吟詩非我事　　시 읊는 건 내가 할 일이 아니고

端坐是吾禪	좌선하는 이것이 나의 선법이노라.
無限淸幽定	끝없이 맑아 그윽이 선정에 들고
又默一讀篇	또 말없이 책 한 편을 읽어보노라.
覓句遲來得	시구를 찾아도 잘 떠오르질 않기에
送月欲汲泉	달을 보내고 나서 샘물이나 길러야지.
茶煎室繞煙	차 끓이자 방에는 연기 피어오르고
花影重倒顚	꽃 그림자는 무거워 뒤집어졌구나.
竟夜修何道	밤새도록 무슨 도 닦고 있는지
得悟幾時延	깨달음은 언제쯤 얻게 되려는지.
誦經能詩筆	경전을 외우고 시 짓는데 능해도
心地盡死禪	마음자리는 죽은 선에 그칠 뿐.

○ 贈牛菩薩
—牛有大德 頌其菩薩行

소 보살에게 주다
—소는 큰 덕이 있어 그 보살행을 노래하다

老牛何悲觫	늙은 소 어찌나 슬피 벌벌 떠는지
汝生我照料	네 생애를 내가 비추어 생각하노라.
不知何厚德	얼마나 덕이 두터운지 알지 못하고
生平不計憔	평생에 생계는 애태우지 않았지.
可憐莫笞牛	가련해라, 소를 매질하지 말게
奈何鐵牛超	어찌 쇠로 된 소보다 뛰어넘으랴.
爲人力稼事	사람 위해 힘써 농사일 하더니
老牛功成僑	늙은 소가 쌓아놓은 공이 높구나.

126

給人肉乳革　사람에게 살과 젖과 가죽을 대주고

死而復生邀　죽어서도 다시 살아났도다.

懺悔譽大德　참회하며 큰 덕을 기리노니

吾看汝悔劺　나는 너를 보고 힘써 뉘우치네.

蓮宮壁上圖　연화 궁전 벽에 그린 그림에

投話忽斬猫　고양이 목을 베는 화두가 던져졌네.

若汝救猫生　너라면 고양이 목숨을 살렸을 텐데

一刀兩斷要　한 칼에 두 동강이를 내었을 터.

終入無鼻孔　마침내 콧구멍 없는데 들어가서

頓覺卽破竈　화들짝 깨치자, 곧장 조왕을 깨버렸네.

○ 羅漢殿

―到中國四川省什防市羅漢寺　參禮五百羅漢像　其中新羅無相金尊子像　感觸
走筆

나한전

―중국 사천성 시방시의 나한사에 도착하여 오백나한상을 참례하였는데
그 중에 신라 무상 김존자 상이 있어 감촉되어 빠르게 짓다

晴雨市街淨　비 개니 저자 거리는 깨끗하고

綠林開蓮宮　푸르른 숲에 절간은 열려있구나.

暗裏羅漢殿　어둑한 속에 나한전이 있는데

尊像吸佛功　존상이 부처의 공덕을 빨고 있네.

巖下師修道　선사는 암굴 아래서 도를 닦으시고

開振淨衆宗　정중종을 열어 떨쳤도다.

開元時入蜀　당나라 개원 때 촉나라에 들어와

處寂爲師衷	처적선사를 스승으로 충심으로 모셨네.
學得黃梅禪	황매산 홍인선사의 선법을 익히고
資州溪山中	자주 땅 산골짝에 머무셨네.
身穿百衲衣	몸에는 누더기를 걸치고
乞食度日終	밥을 빌며 하루를 마치셨구나.
嚴修頭陀行	혹독하게 두타행을 닦으신
御河窟今同	어하굴은 지금도 한결같네.
依然三無說	무억, 무념, 막망의 삼무설 의연하고
引聲念佛隆	인성염불은 융성하였구나.
吾生似蜉蝣	내 생애 하루살이와 같은데
何仰無相風	어찌 무상존자의 가풍을 우러렀던가.
飽我是佛乳	날 배불리 먹인 건 곧 부처님 젖인데
于今還餓同	지금도 배고프긴 마찬가지라네.

○ 壁上老鷲畫 벽 위에 그린 늙은 독수리

誰登靈鷲山	누가 영취산에 올랐나
起筆一揮終	붓 들어 한번 휘두르고 그치니
白巖聳坤中	흰 바위가 땅 가운데 솟아오르고
雪風止而充	눈바람은 그치다가 가득 찼구나.
是物露冬骨	이 물건이 보잘것없이 보이는데
何瘋寫畫工	어느 미치광이가 화공을 베꼈는가.
雙眸精彩奇	두 눈동자는 정채가 기이하고
如刀羽毛隆	칼날 같은 날개는 깃털이 융성했지.
高飛斗上天	북두 위 하늘을 높이 나니
一洗鷙鳥空	한 번에 사나운 새들 사라졌구나.

獨立心兀兀	홀로 서니 마음은 꿈쩍도 않고
先鳴骨氣熊	먼저 우는 골기는 웅장하였네.
稜威狐狸避	서슬 퍼런 위엄에 여우와 살쾡이가 피하고
光俊佛眼同	빛이 번쩍이니 부처님 눈과 같구나.
老去修身潔	늙어지자 몸을 닦아 깨끗이 하고
閒來止翅功	한가로우니 날개를 접고 쉬네.
良久入定時	오래도록 선정에 들 때
鯨浪劫外風	겁 밖 바람결에 거센 파도 출렁이는데
欲挲近壁畵	만지고 싶어 벽화 쪽으로 다가가니
突飛層層穹	후드득, 하늘 층층이 날아가버렸네.
爲爾留退筆	너를 위해 몽당붓을 남긴 터라
得筆思不窮	그 붓을 얻으니 생각은 한없구나.

*동골(冬骨): 실세한 사람, 혹은 별로 볼 게 없는 물건을 뜻한다.
*퇴필(退筆): 다 닳은 몽당붓을 말한다.

○ 夢中夢　　꿈속의 꿈

休言季壽六旬	나이가 예순이라고 말하지 말라
暮途凄凉老僧	노년은 처량하게도 늙은 중이라네.
殘生伏枕追悔	남은 목숨 베개에 엎디어 뉘우치니
夢裏依俙蝶夢	꿈속에서 나비의 꿈이 아련하여라.

○ 望月寺
—在京畿道議政府市 奉先寺之末寺

망월사
—경기 의정부시에 있고 봉선사의 말사이다

如兎擧眸月峯　토끼가 눈 들어 월봉을 보듯
皎月古寺微涼　옛 절에 밝은 달 꽤 서늘하구나.
客房寂寥夜深　객방은 적막하여 밤이 깊은데
銀河萬里愁長　은하수 만 리에 시름이 길어라.

○ 與隱迹山人
—心照卽僧蘭若名

자취를 숨긴 스님에게
—심조는 곧 스님의 암자 이름이다.

非有非無什麼　유가 아니고 무도 아닌 그 무엇인가
至光極處生陽　지극한 빛이 다한 곳에 볕이 생겨나네.
何須獨修得悟　어찌 반드시 홀로 닦아 깨달음을 얻나
心照僻陰噴香　마음이 외진 그늘 비추니 향을 풍기네.

*비유비무(非有非無): 있음도 아니지만 그렇다고 없음도 아님. 이것이 진정한 반야(般若)
　　　　의 중도(中道)이다.

○ 夢中宴　　　꿈속의 잔치

碧猫忽吐腐鼠　　푸른 고양이가 돌연 썩은 쥐 토하니
不待佛陀抱親　　불타가 친히 안아주길 기다리지 않네.
無明業識皆空　　무명과 업식이 모두 공한데
錯用幾法多人　　얼마나 법을 잘못 쓴 사람이 많던지.

○ 戒盈杯　　　계영배

過猶不及戒溢如　　지나치면 미치지 못해 넘치지 말라는 건데
沒覺恢恢地有餘　　넓고 너른 땅은 남음이 있는 걸 알지 못하네.
萬物道理隨密疎　　만물의 이치는 빽빽함과 성김을 따르는데
滿盈忽作空虛地　　가득 차게 되니 갑자기 텅 빈 땅이 되고 마네.

○ 一行三昧　　　일행삼매

行住坐臥法界揮　　걷거나, 머물거나, 앉거나 눕거나 법계를 떨치고
語默動靜歸一機　　말하고, 침묵하고, 움직이고, 고요해 한 기틀로 돌아가네.
生老病死俱眞空　　나고 늙고 병들어 죽는 건 참으로 공하고
東西南北莫非違　　동서남북은 어그러지지 않음이 없도다.

○ 沒滋味　　　맛이 없어

若鐵橛子未咬破　　쇠말뚝을 깨물거나 깨지 않으면

皆無所得滋味些	모두 얻는 바 없고 맛은 작으리라.
如何若何誰分別	이러쿵저러쿵 누가 분별하는지
忽然見性牽牛過	홀연히 성품을 보니 소 몰고 지나가네.

○ 野花　　　들꽃

飄搖野生自開花	바람 부는 들에 살며 저절로 꽃 피워
潭影如蝶水鏡斜	연못 그림자가 나비인 듯 수면에 비치네.
霞裏每向蔭渚宿	노을 속 그늘 향해 늘 물가에 자는데
山庵窮處無人家	산속 암자 막힌 곳에 인가조차 없구나.

○ 讀老子偶吟
―日前金忠烈教授贈老子講義一卷 以謝禮而作

노자를 읽고 우연히 읊다
―며칠 전 김충렬교수께서 '노자강의' 한 권을 보내주셨기에 이를 사례하
여 짓다

中天先生好學書	중천선생은 학문과 서예를 좋아하여
鳴鳳山下累年居	봉명산 아래서 여러 해를 사셨다네.
始知精密工夫在	정밀한데 비로소 공부가 있는 걸 아시고
氣節壁立更有餘	게다가 기절은 벼랑에 서서 남음이 있네.

○ 瑞山摩崖三尊佛像
—又稱作瑞山摩崖石佛 雕鑿於瑞山龍賢里 伽倻山溪谷峭壁上 美譽‘百濟之微笑’

서산마애삼존불상
—또 '서산마애석불'이라 불리며 서산 용현리 가야산 계곡 절벽에 있다. '백제의 미소'로 그 아름다움을 기린다.

佛眼光在何停留	부처님의 눈빛은 어디에 머무르시나
渺望山陵青山遊	저 멀리 산줄기 바라보며 청산에 노니시네.
我跟着眼遠處望	나도 그 눈길 따라 먼 곳을 바라보니
青山看我答笑休	청산이 나를 보고 답하여 웃다가 마네.

○ 嘲口疾　　병든 입을 조롱하여

冬過無言笑爾啞	겨울 가도 말없는 너 벙어리를 비웃느니
前宵虛負吟詩差	간밤에 시 읊는 일 어긋나 헛되고 말았네.
心裏滔滔不絶句	마음속에 도도히 시구가 끊이질 않아
得意舌風灼灼夸	맘껏 바람 타고 혀가 활짝 펼쳐졌구나.

○ 次客僧晨起韻　　새벽에 일어나 객승의 시에 운을 빌려

漆黑天色爛星稀	칠흑 같은 하늘에 반짝이는 별 드물고
未今鷄鳴起整衣	아직 닭 울지 않는데 일어나 옷깃 여미네.
只爲修禪懈不得	다만 수행하는데 게을리 할 수 없어
一燈殘焰待曉暉	가물대는 등불에 새벽 밝길 기다리네.

○ 讀初發心自警文　초발심자경문을 읽고

千讀猶未識禪機　천 번을 읽어도 선의 기봉을 알지 못했는데
警文句中悟昨非　자경문 구절에서 지난 잘못을 알았구나.
從此盡心便正覺　이로부터 마음 다하여 곧 바르게 깨달으니
靈鷲山色入望依　영취산 빛이 눈길에 아련히 들어오네.

○ 宿法界寺
―在山淸郡矢川面 智異山麓

법계사에 묵으며
―산청군 시천면 지리산 기슭에 있다

方丈山裏夜三更　방장산에 밤 깊어 삼경인데
淙玉泉鳴兩耳醒　옥 구르는 샘물 소리 두 귀에 쟁쟁하네.
應物心中須惺惺　외물에 응해도 마음은 마땅히 깨어있는데
罷定忽聞杜宇聲　선정을 끝내자 홀연히 두견새 울어대네.

○ 過中陰記見　중음을 지나며 본 일을 쓰다

暗中一光無語煩　어둠속에 한 줄기 빛 말없이 괴로운데
行人遲日竊消魂　행인은 봄날 몰래 넋이 사라지는구나.
狂愚老僧忽失道　멍청한 늙은 중이 갑자기 길을 잃더니
笑指釋家下界孫　웃으며 저 아래 세상에 자손 석가를 가리키네.

*중음(中陰): 사람이 죽은 뒤 다음 생의 몸을 받아 날 때까지 거치는 중간 존재인 영혼의 상태. 중유(中有), 중온(中蘊)이라고도 한다.

○夜攬古鏡　　밤에 옛 거울을 들고

空心淸鏡鑑毫氂　　빈 마음처럼 맑은 거울이 털까지 비추니
欲知水月不自欺　　물에 비친 달을 알고자 스스로 속이지 않네.
今夜明眼相對看　　오늘 밤 밝은 눈으로 서로 마주 보니
鏡中華髮是爲誰　　거울 가운데 백발 늙은이는 이 누구신가.

○ 無根樹
一世上無有無根之木 而有根樹如砍根死 只心卽宇宙本體 因此不能切割 而且
是本來面目 求道心終易陷煩惱深淵 只要靜後觀心

뿌리 없는 나무
―세상에 뿌리 없는 나무는 없다. 그리고 뿌리가 있는 나무는 뿌리를 잘라
버리면 죽어버리듯 오직 마음이 우주 본체이므로 이를 자를 수 없고 게다
가 이는 본래면목이다. 도를 구하는 마음조차 마침내 번뇌의 깊은 심연에
쉽게 빠지므로 오로지 고요히 한 뒤에 마음을 살필지어다.

目不可見何可失　　눈은 볼 수 없는데 무엇을 잃으랴
有根有失却紛然　　뿌리가 있어 잃게 되니 도리어 분분하네.
無人可得迦葉笑　　가섭의 미소를 아무도 알아듣지 못하는데
一点宇宙滿眼前　　한 점 우주가 눈 앞에 가득하네.

○ 自解
―晚年吾隱迹山中或流浪 佯狂玩世 見高僧上堂法語 而譏弄以作

스스로 해명하며
―늘그막에 나는 산중에 자취를 숨기거나 혹은 떠돌며 미친 체하며 세상을
즐겼는데, 고승이 당에 올라 법어를 하는 걸 보고 기롱하여 짓다

高擧拄杖喚衆開	주장자 높이 들고 대중 불러 법석 여니
鸚鵡學舌坐石苔	앵무새가 혀를 배워 이끼 낀 돌에 앉았네.
今日山中風雨惡	오늘 산중에는 비바람이 거친데
曹溪流水泛花來	조계에 흐르는 냇물에는 꽃잎이 떠오네.

○ 贈門徒   문도에게 주다

砍柴渾似修參禪	섶을 베는 건 참선을 닦는 일과 같거니
求佛殺佛不足傳	부처를 구하고 부처를 죽여 전할 게 없네.
跳出善逝窠臼外	부처님의 구덩이 밖을 뛰쳐나와야
丈夫志氣撑冲天	대장부의 뜻과 기운이 하늘을 버티리라.

○ 白鷺   백로

鏡湖江洲獨佇立	경호강 모래톱에 홀로 우두커니 서서
喙埋羽裏精神集	부리를 깃털에다 묻고 정신을 집중하네.
回看今世一足鷺	돌아보니 지금 세상에 외발로 선 해오라기
無地安然可立泣	편안히 서서 울 땅조차 전혀 없구나.

○ 賞春　　　봄놀이

梅花紛紛白雪霏　　　매화 꽃잎 나부끼고 흰 눈발 날리더니
微風彈琴擺小枝　　　산들바람이 거문고 타며 잔가지 터는구나.
花開有約客冬疑　　　화개동은 지난 겨울 기약한 듯한데
蟾津無情今春遲　　　섬진강은 뜻도 없이 올 봄이 더디어라.

○ 贈上人　　　상인께 드리다

丈室默坐首獨回　　　방장실에 고요히 앉아 홀로 돌아보니
山中末句向誰開　　　산중에 마지막 한마디 누굴 향해 털어놓나.
老禪自在舉一指　　　늙은 선사가 자재하여 한 손가락을 드니
方丈月光笑吐來　　　방장산 달빛이 웃음 토하며 오는구나.

○ 謝人送茶
―丙申年

어떤 사람이 차를 보내 주었기에 사례하며
―병신년

庵子曉起放禪臨　　　새벽 암자에서 일어나 좌선을 풀고
煎茶思君欲遠尋　　　차 끓이며 먼 그대 찾고자 생각하네.
玉露到脣易爲飮　　　옥 이슬에 입술 닿자마자 홀짝 마시니
却怕自吐獅吼今　　　이에 절로 사자후 토할까 두려워라.

137

○ 莊周之夢　　장자의 꿈

夜來枕頭謁莊廬	밤새 베개머리에 장자의 집 찾으니
蝶夢六十年有餘	나비의 꿈은 예순 해 남짓 지났구나.
醒後尋來草庵靜	깬 뒤 다시 찾아가자 초암은 고요하고
夢中通達始知虛	꿈속에 두루 꿰뚫어도 헛된 걸 알겠네.

*장주지몽(莊周之夢): 장자(莊子)가 꿈에 나비가 되었는데, 자기가 나비인지 나비가 자기
인지 알 수 없었다. 『장자』 제물론(齊物論).

○ 曉枕聞童謠感吟　　새벽녘 베갯머리서 동요를 듣고 느낌을 읊다

喚侶學童早出扉	벗한 글방아이 불러 일찍 집 나서니
童謠相和自天機	아이 노래는 저절로 천기와 서로 응하네.
生來口吟如斯足	타고난 입으로 읊어 이같이 족한데
羨爾無汚無是非	너는 물들지 않아 시비 없어 부럽구나.

○ 借生　　빌려 살며

家貧拙劣借薄才	집이 가난하니 서툴게 작은 재주 빌리고
兩眸漆夜微燈開	칠흑 같은 밤, 희미한 등불로 두 눈을 뜨네.
一飯萬計辛苦借	밥 한 그릇 온갖 꾀로 고생스레 빌리는데
眉月猶須借日廻	초승달은 오히려 해를 빌려 도는구나.

○ 挽人　　　죽은 이를 애도하며

一笛聲中逝雲東	한 자락 피리 소리, 동녘에 구름 흐르고
浮生㝎似烟嵐穹	부질없는 목숨은 하늘가 아지랑이 같아라.
太虛發焰燒三界	태허에는 불꽃이 일어 삼계를 다 태우고
劫海鯨鯢吞虛空	겁의 바다에는 고래가 허공을 삼키는구나.
無影樹杪花爛熳	그림자 없는 나무 우듬지에 꽃이 활짝 피고
不萌枝上果團充	싹 없는 가지 위에 과실이 주렁주렁하구나.
誰知大宇茫茫內	누가 알리오, 아득히 큰 우주 안에서
去來暫間一夢中	가고 오는 게 잠깐 한바탕 꿈속인 것을.

○ 元日孤坐　　　설날에 홀로 앉아

世事零碎爭寸慳	세상사 자잘하게 한 치도 굳이 다투더니
超脫利欲竟心閒	이욕을 벗어나자 끝내 마음이 한가롭구나.
甕算錯了剩痼疾	독장수셈은 틀어지고 고질병이 남았지만
傲世孤立天地間	세상을 업신여겨 천지간에 홀로 서있네.
知否成壞無常理	아는가, 이루어지고 무너지는 무상한 이치를
今年元日獨掩關	올해 설날에는 홀로 문 닫고 앉았어라.
看破空後一展眉	부질없음을 간파한 뒤라 눈썹이 펴지고
忽見窓外方丈山	홀연히 창밖을 내다보니 방장산이로다.

*옹산(甕算): 독장수셈. '항아리를 센다'는 뜻으로 제멋대로 망상하는 걸 비유한다. 독장수가 항아리를 아껴 밤에도 끌어안고 자다가, 그걸 밑천 삼아 재물이 불어나 부자가 되는 망상에 기뻐서 춤을 추다가 그걸 깨뜨려버렸다. 『사문유취事文類聚』, 전집前集 권36.

○ 尋訪鼇山四聖庵

―在全南求禮 據傳百濟聖王 由因緣起祖師建造 而得名鼇山庵 後來高僧義
湘大師 元曉大師 道詵國師 眞覺禪師修道 故而得名四聖庵

오산 사성암을 찾아보고

―전라남도 구례에 있다. 백제 성왕 때 연기조사가 건립하여 '오산암'이라
부르다가, 이후 고승인 의상대사, 원효대사, 도선국사, 진각선사가 수도하여
'사성암'이라 부르게 되었다.

帶水盈盈抱崖流	강줄기는 넘실넘실 벼랑 안고 흐르고
杳山出沒隱現悠	아득한 산은 들락날락 멀리 숨바꼭질하네.
蟾津曲水圍平野	섬진강 굽은 물길은 너른 들 둘렀는데
天王峯近已寒秋	천왕봉이 가까워 벌써 가을 한기 풍기네.
嘆息幾煩容易過	탄식하며 몇 번이고 쉽게 지나치던 곳
恨無一字古寺留	옛 절에 한 글자도 남기지 못해 아쉬웠지.
磨崖如來笑請來	마애여래불께서 웃으며 오라 청하니
塵袂無妨今日休	티끌 묻은 옷도 괜찮아, 오늘은 쉬리라.

○ 知非吟

―反顧曩時所爲 悔吝山積 蓋不知所以措躬也 以懺悔爲箴戒之意云

지비음

―지난날을 돌이켜보니 허물이 산더미처럼 쌓여 어디에 몸을 두어야 할지
모르겠다. 이에 참회하며 경계하는 뜻으로 삼아 읊는다.

今我行年五十希　　내 나이 이제 오십을 바라보지만

四十九年始知非	사십구 년 잘못을 비로소 알겠구나.
顚倒妄想癡或狂	뒤집힌 헛된 생각에 어리석거나 미쳤고
赤貧侵尋衰疾圍	헐벗은 가난에다 찌들고 병치레하였지.
義理乍明旋復暗	의리는 잠깐 밝았다가 다시 어두워지고
踐履纔順便多違	실천은 잠시 따르다가도 자주 어긋났구나.
古佛心法今猶炯	옛 부처의 심법이 지금도 아직 밝으니
克省深修竊自歸	잘 살피고 수행하며 스스로 돌아가리라.

＊지비(知非): 『회남자(淮南子)』 원도훈(原道訓)에 보인다. 공자의 제자인 거백옥(蘧伯玉)이 나
이 오십이 되어서야 지난 사십구 년의 잘못을 비로소 알았다. "蘧伯玉年五十 而
有四十九年非".

○ 井上之藤 以自省察
―南沙卜居時 甲午年

'우물 위의 등나무'로 스스로 살피다
―남사에 살 때, 갑오년

十載山中樂幽情	십년 간 산중에서 그윽한 정 누렸는데
隣近人未知吾名	이웃에 사람들은 내 이름조차 모른다네.
風雪行路不知險	눈보라 치는 길을 가도 험한 줄 몰랐고
坐倚危巖惟覺平	위태로운 바위에 앉아도 고요함을 느꼈네.
藏身曾從老彌窮	일찍이 몸을 숨긴 채 늙어선 더 궁해지니
安否休向達摩爭	안부를 가지고 달마 보고 따지지 말게.
自問龍牙隱身否	스스로 묻노니, 용의 이빨처럼 몸을 숨겼는지
二鼠侵藤時必晴	두 쥐가 등나무 침범할 때 꼭 개운하리라.

*이서침등(二鼠侵藤): 불교설화인 '우물 위의 등나무', 정상지등(井上之藤)에 나온다.

○ 贈門徒　　문도에게 주다

冬耐筍生俄苗鑿　　겨울을 견디고 죽순이 싹이 터서 뚫더니
於焉稚長却竹托　　어느새 어린 게 자라서 문득 대가 솟았네.
吾敎觀物做窮究　　사물을 보고 깊이 연구하라 내가 가르쳤으니
君奉如斯期進學　　그대는 이같이 받들어 학문이 나아지길 기약하라.
竹君嫩質托巖隈　　대나무의 연약한 자질은 바위 모퉁이를 밀고
地深孤根依雲壑　　땅속 깊이 외로운 뿌리는 구름 낀 골짝에 기댔네.
何人倩描寓逸懷　　어느 누가 숨은 뜻 말하는 걸 시샘하는지
高節涵養居冲漠　　높은 절개 함양하여 고요한 허공에 머물라.

○ 贈靈祐學人　영우학인에게 주다

旱歇數竿蒙瞽雨　　가뭄 그치자, 대 몇 줄기 눈먼 비 흠뻑 맞고
楊柳葉葉垂垂舞　　버드나무는 잎마다 축축 늘어져 춤을 추는구나.
渺漠天意雖同潤　　아득한 하늘의 뜻은 비록 같이 젖어들지만
無有彼此何不怙　　이것, 저것이 없는데 어찌 의지하지 않는지.

山中古芳誰共賞　　산중 옛 향기를 누구와 같이 즐기랴
劉鐵磨到山同補　　유철마가 위산선사에게 이르자 같이 도왔네.
參問牸牛善知識　　늙은 암소에게 참례하여 물으니 선지식인데
探竿影草倚此煦　　이로 기봉을 시험하여 은혜를 베풀었네.

※유철마(劉鐵磨): '무쇠로 된 맷돌'이라는 뜻을 가진 비구니로 위산영우(潙山靈祐, 771-
853) 선사에게 오래 선을 참구했다. 『선문염송』 제10권, 『벽암록』 제24
칙, 『종용록』 제60칙 철마자우(鐵磨牸牛)에 실려 있다. 위산(潙山) 선사
가 유철마가 오는 것을 보고 말했다. "늙은 암소(노자우老牸牛)야, 네가
왔는가?" 철마가 말하였다. "내일 오대산에 큰 재(齋)가 있습니다. 화상
께서도 가시겠습니까?" 선사가 몸을 굽혀 눕자, 유철마는 나가버렸다.
※탐간영초(探竿影草): 『임제록(臨濟錄)』에서, 장대 끝에 깃털을 묶어 고기를 모는 도구와
풀더미를 물속에 넣어두어 고기들이 모여들게 하는 수단을 말한다.

○ 戱作
――和尚久久安居禪房 一句話也不出來 故此以比鸚鵡作

희롱하여 짓다
―한 스님이 선방에서 아주 오래 안거하였는데, 한마디도 제 말을 하지 못
하기에 이를 앵무새에 견주어 짓다

籠裏鸚鵡癡把去   앵무새 든 조롱을 바보가 들고 가니
可憐此禽時復鳴   가련해라, 이 새가 때맞추어 우는구나.
安可放爾出籠外   어찌하면 조롱 밖에 풀어놓아서
直上佛頭快一聲   부처님 머리에 곧장 올라 한 소리칠까.

愛技倣語澆投粒   말 따라하는 재주 아껴 물과 낱알 주니
不知被囚猶啄爭   제가 갇힌 줄 모르고 다투어 쪼아대네.
汝何時兮主人公   너는 언제쯤 주인공이 되랴
須知身瘠自任行   몸이 마르면 마음대로 나다닐 텐데.

○ 書懷
─夢中黃泉乘船 時庚子年

회포를 적다
─꿈속에 저승 가는 배를 타고, 때는 경자년이다

倚舷回首過如何	뱃전에 기대어 돌아보니 허물은 어떤지
若白駒之一瞥過	마치 흰 망아지가 틈을 한 눈에 지나가듯.
未久從心無定處	멀지 않아 일흔 살인데 정한 곳이 없어
地獄從此是吾家	이제부터는 지옥이 바로 내 집이라네.

坤簸乾揚一粟微	땅이 하늘을 까부니 기껏 좁쌀 한 알인데
檣頭出沒流魂飛	돛대는 보일락 말락 떠도는 넋이 날고 있네.
業鏡臺照猶餘罪	업경대에 비춰보니 아직도 죄는 남아
更遣閻羅報虐威	다시 염라대왕을 보내 모진 위엄을 알리네.

*약백구지(若白駒之): 세월이 빨리 흘러감을 비유한 것이다. 『장자(莊子)』, 지북유(知北遊)
에 "사람이 천지간에 사는 동안은 마치 흰 망아지가 벽의 틈을 지
나가는 것과 같아서 잠깐일 뿐이다. 人生天地之間 若白駒之過隙
忽然而已"라고 하였다.

○ 題善友禪室
─在沃川釋石坡居之

벗의 선실에 제하여
─옥천에 있는데 석파스님이 산다

書滿一架淨無塵　　책이 한 시렁 가득, 티끌 한 점 없고
久日讀書興味新　　오래 동안 독서하니 흥취가 새롭구나.
早向急流巖窟退　　일찍이 암굴로 급하게 물러났으니
應嗤房付修禪人　　방부 드신 선방 스님을 비웃으리라.

大小夏山雨洗塵　　여름 산 올망졸망, 비가 티끌을 씻고
遠近嵐氣滿林新　　멀고 가까운 아지랑이는 숲 가득 새롭구나.
沃川偸閑步履頻　　옥천에 틈만 나면 뻔질나게 드나드니
知有時閑避世身　　한가한 때 세상 피한 몸 있음을 알겠네.

○ 自慰　　　　스스로 위로하며

終日無客獨弄棋　　종일 손님 없어 혼자 바둑을 두거나
默默觀物送暮時　　사물을 고요히 살피며 저녁나절 보내네.
滄桑處處尤有移　　덧없는 세태 곳곳마다 더욱 변하니
美醜擾囂竟無知　　곱다 추하다 떠들어도 모른 체하네.

閉關塊坐盤石上　　문 닫고 반석 위에 흙덩이처럼 앉으니
遮莫道伴笑大癡　　아주 바보라고 도반이 비웃거나 말거나.
世間萬事眞翻手　　세상만사는 참으로 손을 뒤집듯 하니
紛紛炎涼何須期　　어지러운 인정이야 기약할 게 뭐있나.

○ 窄庵　　　좁은 암자

達摩飛錫作鋭鋒	달마가 지팡이 날려 예봉을 만드니
世外壺中自在淸	세상 밖 호리병 속은 맑은 그대로네.
豈只一塵含法界	어찌 한 티끌이 법계를 머금을 뿐이랴
須彌芥納合成沖	수미산이 겨자에 들어가자 텅 비었구나.
吾生不識今佛面	내 생애 지금도 부처님 상호 모르지만
心法無窮傳禪宗	마음의 법은 무궁해 선의 근원을 전하네.
但覓何處菩提心	단지 어디에 보리심이 있는지 찾을 뿐
丈夫浪迹似萍蹤	장부가 유랑한 자취는 부평초와 같구나.
蟭螟庵是獨修處	초명암, 이곳이 홀로 닦은 곳인데
每憶曉窓溪水淙	새벽 창에 들리던 냇물 소리 떠오르네.
有髮居士忘色空	머리털 기른 거사가 공색을 잊었으니
袖中洗盡塵緣濃	옷깃에 속세의 찌든 때 말끔히 씻었네.

○ 自述　　　자술하다

月窓曨影透案書	창문에 아롱진 달 그림자가 책을 비추니
靜夜寒灘泣滿虛	고요한 밤, 찬 여울물이 허공에 흐느끼네.
水自澄淸雲自初	물은 저절로 맑고 구름은 처음부터 그런데
是非兩端中道除	중도는 옳고 그름의 양변이 없다네.
萬古日月照一廬	만고에 해와 달이 한 오두막을 비추니
涵虛洞天如來居	맑은 하늘 잠긴 곳에 여래가 살고 있네.
金輪萬歲海藏宮	금륜을 두른 해장궁에 만년이 흘러
四海滿車盡讀書	사해에 수레 가득한 책을 다 읽어버렸네.
此身六合賦生初	이 몸은 우주에 처음으로 목숨 받았는데

不是匏瓜一占居　　뒤웅박처럼 한 곳을 차지해 사는 건 아닌지.
任運自在隨處遊　　가는 곳마다 흐름에 맡겨 마음대로 노닐고
心閑無事更有餘　　마음 한가롭고 일 없어도 남음이 있구나.

*금륜(金輪): 고대 인도의 우주관에서 허공 위에 풍륜(風輪)이 있고, 풍륜 위에 수륜(水
　　　　輪)이 있고, 수륜 위에 금륜이 있으며, 금륜에 산이나 강과 같이 인간이 사
　　　　는 땅이 있다고 한다.

○ 望筆峰
―矗立在山淸今西 聯想到筆尖 或稱文筆峯

필봉을 바라보며
―산청 금서에 곧게 서있는데 붓끝을 연상해 혹은 '문필봉'이라 부른다

看看方丈醮瞑庵　　보고 보노라, 방장산 초명암에
筆鋒劍鋒兩一般　　붓끝과 칼끝 둘 다 한 모양이로구나.
鈍筆笑我不出門　　무딘 붓 날 비웃어 문 밖에 나가지 않아
卷簾無際連靑山　　주렴을 걷으니 아득하게 청산이 이어졌네.
閭巷村家無所適　　마을의 시골집 어디라도 갈 곳이 없으니
兀兀窮年紙墨間　　우뚝하니 앉아 종이와 먹으로 세월 보냈네.
山中遊浪是何由　　산중에서 떠돌다니 이 무슨 까닭인가
奈向富貴低我顔　　어찌 부귀한 자 향하여 내 얼굴 숙이랴.
攀盡筆峰吟玆遊　　필봉에 기어올라 여기 노니는 일 읊자니
十斗文章比古班　　열 말의 문장을 옛사람과 견주는구나.
世事不關獨遊蕩　　세상사에 얽히지 않고 홀로 노닐며
後日依舊塵客還　　언젠가 진객이 되어 예전처럼 돌아오리라.

○ 送客僧　　　객승을 보내며

我貧無地之卓錐	나는 가난해 송곳 꽂을 땅조차 없어
杜門不應經過緇	문 닫고 응대 않자 스님은 그냥 지나치네.
今朝忽聞雲水行	오늘 아침 홀연히 스님이 떠난다 하니
回想昨夜擧量疵	간밤에 법을 거량하던 허물을 돌아보네.

世間送迎知幾何	세간에 보내고 맞는 일 얼마나 되랴
過僧已今尤送岐	지나는 스님을 갈림길 멀리서 전송하구나.
月滿茶椀淚似露	찻잔에 달 가득한데 눈물은 이슬 같고
春風十里梅花衰	봄바람에 하얀 매화는 십리에 여위었네.

丈夫有命信蒼天	대장부가 운명이 있으니 하늘을 믿는데
留後禪風肯不卑	선풍을 뒤에 남긴 채 하찮게 여기지 않네.
修行必須忍勤力	수행은 참고 힘을 부지런히 쏟아야 하니
今年益貧也無錐	올해는 더욱 가난해서 송곳조차 없구나.

○ 題吾小庵屛
─庵名'蟭螟'卽一種小蟲 抱朴子云 '蟭螟屯蚊眉之中 而笑彌天之大鵬'

나의 작은 암자를 그린 병풍에 제하다
─암자의 이름은 '초명'이니, 곧 일종의 작은 벌레이다. 포박자에, '초명이 모기 눈썹에 살면서 하늘을 덮는 대붕을 비웃는다.'라고 하였다.

送春荒籬客斷靜	봄 지난 거친 울에 손님 끊겨 고요해
落盡梅花庵子冷	매화 다 지고 나니 암자는 냉랭하구나.

終歸幻鄕脫幻境　　허깨비 마을로 돌아와 허깨비 경계 벗고
六十餘年作狂省　　예순 해 남짓 미친 짓을 살펴보노라.
莫待無友常寂寞　　벗이 없어 늘 적막해도 기다리지 말지니
吾友我而逍遙境　　나는 나를 벗 삼고 이곳을 거니노라.
主人公呼我回答　　주인공아, 하고 부르면 내가 대답하니
我問我答主人省　　내가 묻고 내가 대답하여 주인공을 살피네.
何人可笑自在樂　　어느 누가 자유로운 즐거움을 비웃는지
小庵竹林有石井　　작은 암자에 대숲 있고 돌우물까지 있네.
無毛筆秉一揮之　　털 없는 붓을 쥐고 단번에 휘두르니
誰畵釣翁月無影　　누가 그림자 없는 달을 낚는 늙은이를 그렸나.
靑山靑靑白雲屛　　푸른 산은 푸르고 푸르러 흰 구름 병풍이고
白雲白白靑山屛　　흰 구름은 희고 희어 푸른 산 병풍이라네.

○ 贈行脚僧　　행각하는 스님에게 주다

遠峯天外翠眉沈　　하늘 밖 먼 산은 푸른 눈썹처럼 가라앉고
嵐氣重重庵頭暗　　아지랑이 겹겹이 쌓여 암자 꼭대기 어둑하네.
吾也年逾六十今　　내 나이 지금 예순이 넘어
默言自修隱身林　　말없이 스스로 닦고 숲에 몸을 숨겼네.
拈華微笑何煩問　　연꽃 보고 띈 미소, 번거롭게 무얼 묻는지
修禪要訣磨杵針　　공이 갈아 침 만드는 게 좌선하는 요결이네.
石室蕭然入㝎時　　적막한 석실에서 선정에 든 때,
雨後晴空鉤月臨　　비 온 뒤 갠 하늘에 낫 같은 달이 뜨고
終歸家山應見過　　마침내 돌아와 고향을 보고 지나가는데
花落流水不自任　　흐르는 물에 꽃 지니 정을 가누지 못하네.
自性忘處卽眞心　　자성을 잊은 그곳이 바로 진심이니

虛明水月無遮臨　　텅 비고 밝은 달과 물은 가리지 않고 임하고
何人問吾末後句　　어느 누가 나에게 마지막 한마디를 묻거든
塵外仙境通一心　　티끌 밖 신선의 경지가 한마음에 통하네.

○ 陋室行　　좁은 방을 노래하며

草庵蓋頭只雨霧　　초암의 지붕은 안개비가 덮여 있고
荒土蒿萊沒環路　　거친 땅에 쑥대는 길 가득 덮었구나.
漸漸日長春夏交　　점점 해 길어져 봄이 여름으로 바뀌자
活計不足庇雨露　　살림살이 부족해도 비와 이슬 가릴 만하네.
一庵蕭條容席內　　암자 한 채 고요해 자리 용납할 만하니
貧寒不負送朝暮　　가난해도 아침저녁은 보낼 만하구나.
況有禪室琴書筆　　하물며 선방에는 거문고, 책, 붓이 있고
而無戶外塵俗具　　문 밖에는 티끌 묻은 속된 기운조차 없네.
夾室端居仍麁飯　　곁방에 다소곳이 앉아 거친 밥 먹으니
今生浮世更何顧　　뜬구름 같은 이 세상에 또 무얼 찾으랴.
煩苦人生去來路　　괴롭고 쓴 인생살이 오가는 길
行住坐臥隨法遇　　행주좌와는 법에 맞게 따라야지.
身如秋葉何無常　　이 몸은 가을 잎인 듯 어찌나 무상한지
心似枯樹零落訴　　마음은 마른 나무처럼 영락하였네.
一陣狂風溺暗窟　　한바탕 미친 바람에 어두운 굴에 빠지고
投江漂轉迷去住　　강물에 던져 둥둥 떠서 어지러이 가고 머무네.
勿嫌壺中有髮僧　　호리병 속 머리털 기른 중 싫어하지 말게
嗟是編蓬赤貧附　　아! 쑥대 엮어 지독한 가난을 따랐네.
毗耶離城非我土　　비야리성은 내 고향도 아닌데
忽見維摩衆生渡　　문득 유마힐 거사가 중생을 건네는 걸 보네.

宇內一命苟飮啄	우주 안에 한 목숨 진실로 먹고 마시기에
具足安心何貪庫	만족하고 마음 편하니 어찌 곳간을 탐하랴.
遐哉邈矣吾佛祖	아득하고도 멀어라, 나의 부처님이여!
遺文原音使開悟	남긴 글과 원래의 음성이 깨달음을 열었네.
孤究欣然會意處	홀로 궁구하여 기쁘게 뜻을 알게 되니
渙若氷釋淸風句	얼음 녹듯 풀려 맑은 바람 쐬는 구절이로다.
蟭螟眉上僻緣斷	모기 눈썹 위 후미진 곳에 인연 끊고
春芳方丈我獨住	봄 내음 한창인 방장산에서 나 홀로 사네.
藏舌無言忘物我	혀를 감추고 말없이 자연과 내가 하나 되니
忽然不覺日落暮	홀연히 해 지는 저녁인 줄 알지 못하네.
殘春花落閉幽戶	남은 봄, 꽃 지자 그윽이 오두막 문 닫고
矢川汲水無影樹	시천에서 물 길어 그림자 없는 나무에게 주네.
逃空不厭無活計	빈 골짝에 도망쳐 생계가 없어도 싫지 않고
卜居不同似一蠹	엎드려 사니 참으로 한 마리 좀과 같지 않은지.
燈前羽化莊生蝶	등불 앞에 날개 돋아 장자의 나비로 변하니
刀山地獄夢裏渡	산을 이룬 칼 지옥을 꿈결에 건너고 있네.

○ 家風   가풍

吾家裏有蒸糕鍋	내 집에 떡 찌는 솥이 있는데
燒煮和尙腦袋投給狗子	화상의 머리통을 삶아 개에게 던져주었네.
爲飢餓地獄衆生喫什麽	배고픈 지옥 중생을 위해 무얼 먹일까?
破了鍋又法猶不求	솥도 깨버리고 법조차 구하지 않으니
天下唱太平歌	천하가 태평가를 부르네.

○ 晚題與石坡禪子
―壬午初秋 寄語於蟭螟庵

늦게야 석파선자에게 시를 지어
―임오년 초가을에 초명암에서 부치다

有簡昨憑俗	지난번 속인 편에 편지를 보내고
拙詩今付僧	이제야 서툰 시를 스님 손에 맡기었네.
致之巖窟禪子	아무래도 바위굴의 선자에게 전하려니
行脚僧或能	행각하는 스님은 혹시 해내리라.
寧知俗僧遊京身	서울에서 노니는 속된 중 이 몸을
獨記飛來洞目曾	일찍이 비래동에서 뵌 기억을 어찌 아실런지.
雖理事判爾去來	비록 그대가 이판, 사판을 오갔지만
脫穎囊錐可稱	송곳 끝이 주머니에서 나왔다 할 만하지.

○ 擧洋蔥　　양파를 거량하며

汝法子	너 법제자여,
欲知佛法乎	불법을 알고 싶은가?
執一個洋蔥	그러면 양파 하나를 집어보게.
然後慢慢剝脫一層皮	그리고 천천히 그 껍질을 한 겹씩 벗겨보게.
剝又剝開出來是什麼	까고 까다보면 나오는 이것이 무엇이냐?
最後了達處	최후의 요달처,
一物深處	한 물건의 깊은 곳이니
必見心	반드시 심을 보리라.

152

*거(擧): 거시(擧示)의 준말. 공안(公案)을 드는 것. 그런가하면 선승(禪僧)이 자기의 선풍(禪風)을 드날린다는 뜻인 거량(擧揚)이라는 뜻도 있다.

○ 貧　　　　빈

美哉	아름답구나!
貧窮是我飯	가난은 곧 나의 밥
爐邊一束薪	화로 가에 땔감 한 단
囊中一升粗糧	자루 속에 거친 쌀 한 되
一架上經兩本	시렁 하나에 경전 두어 권
一間容膝狹房	무릎 펼만한 좁은 방 한 칸
仍得尼丘小溪	덤으로 이구산에 작은 개울이 있으니
嗟	아!
余實羞恥之	나 실로 너무 부끄럽구나.
於我貧字是不適	나에게 아무래도 '빈' 자는 어울리지 않네.

*尼丘山名 取自曲阜因爲山下祈禱生孔子 今在山淸丹城南沙里
*이구는 산 이름이다. 곡부의 산 아래에서 기도하여 공자가 태어나서 취했다. 지금 산청군 단성면 남사리에 있다.

○ 贈傀儡　　　꼭두각시에게 주다

汝有心肝乎	너는 배알이 있느냐?
被因緣繫纏繞兮	인연의 줄에 얽인 채
從他所欲操縱	남이 맘대로 조종하는 대로

平生動搖顚覆兮	평생을 움직이며 뒤집어지는
汝亦爲誰	너는 또 누구냐?
汝實有一番兮	네가 진실로 한번이라도
當爲眞實汝	너였던 적이 있었느냐?
如今將汝兮	이제 너를,
把棄假之汝	가짜의 너를 벗어던져라.
然後出家上路兮	그리고 집을 나가 길을 나서라.
只爲了與汝相遇	오직 너를 만나기 위하여
要殺己兮	반드시 자신을 죽여라.

○ 一拳頭　　한 주먹

宇宙中浮遊我	우주에 떠 노니는 나는
只是虛空之影子	허공의 그림자일 뿐,
誰今打嗝	누가 지금 딸꾹질을 하는지
纏流星划着一光	방금 유성이 불빛 한 줄 그으며
穿越夜空	밤 하늘을 가로 지른다
一念頭打雷	한 생각에 벼락 치니
眼前如如	눈 앞에 여여한
拳頭	주먹!
能縱能奪	놓아줄 수도 있고, 빼앗을 수도 있으며,
能殺能活	죽일 수도 있고, 살릴 수도 있네.
大丈夫擦眼淚	대장부는 눈물을 훔치나니
只用拳頭	오직 주먹으로,

○ 最近佛祖　　요즘 부처님

黃金獅子餓死了	황금사자는 배고파 죽고
兎角龜毛路上無用了	토끼의 뿔과 거북의 터럭은 길에서 쓸모없네.
最近佛祖耳聾睛瞎了	요즘 부처님은 귀먹고 눈도 멀어
成了天癡了	아주 천치가 되어버렸네.
爲什麼	왜 그런가?
爾我世人皆要求	너도 나도 세상 사람 모두 요구하네.
這個也請那個也請	이것도 해달라 저것도 해달라
只要求所願一切	온갖 소원을 다 해달라고만 요구하니
變成癡愚了	멍청이가 되어버렸네.
因爲太忙所以就成了癡愚	아주 바빠서 그냥 바보가 되었지.
嗚呼	오호라!
佛祖是癡愚癡愚	부처님은 바보야, 바보야.

*토각귀모(兎角龜毛): '토끼의 뿔과 거북의 터럭'이란 뜻으로, 세상에 있을 수 없는 사물, 혹은 유명무실한 사물에 비유한다.

○ 上堂　　　당에 올라

怎麼生	어찌할까?
如死卽生	죽은 듯 살다가
如無而去	없는 듯 가야지
如何死去	어떻게 죽어야 하나?
如活發只死去	활발한 듯, 다만 죽었다가
滅盡後有要一來	모든 번뇌가 소멸한 뒤에 딱 한번 와야지

如草頭一滴露	풀잎 끝에 한 방울 이슬처럼
如來也如去	온 듯이 간 듯이
本無去來也	본래 가고 옴이 없느니
去也彷彿來	가고 오는 게 거의 비슷하네.
噫!	아!
體露金風	가을바람에 몸 드러내니
透明彼晴裏	투명한 저 눈 속,
一看眞面目	단번에 진면목을 보리라.

○ 心劍　　심검

視之明聽之聰	밝게 보고 밝게 듣는 것을
是道則可	도라고 할 만하니
堅諱莫言	굳게 꺼리고 말하지 마라.
天地之間只有無言	천지 사이에 오직 말없을 뿐.
我唯割破舌頭	나는 오직 혀를 베어버리고
停留寂滅	적멸의 세계에 머무나니
斷除貪欲	탐욕을 끊어 없애고
超脫生死	생사를 벗어나
終於我相砍了	마침내 아상마저 베어버리고
宇宙以一刀兩斷	우주도 한 칼에 두 동강이 내버렸네.
吹毛劍兮	취모검이여,
天鳴猶不鳴	하늘이 울어도 울지 않는
吾心劍兮	나의 심검이여,
無盡家寶兮	다함이 없는 가보여.

*취모검(吹毛劒): 선가(禪家)에서 입으로 분 머리카락이 칼날에 닿기만 해도 잘린다는 날
　　　카로운 칼로 온갖 번뇌를 단칼에 날려버릴 수 있는 마음 또는 지혜에
　　　비유한다.

○ 泥牛吼　　　진흙소의 울음

泥牛叫聲凄涼	진흙소 울음이 처량하니
被牽向屠殺場乎	도살장을 향해 끌려가는가?
每一步一步	한 걸음, 한 걸음마다,
泥濘被自淚徐徐解	제 눈물에 진흙이 천천히 풀리어
形體消失了	형체가 사라지는구나.
最終滲入地面	마침내 땅에 스며들어
痕跡消失了	흔적마저 없어지고
此地只有牛之叫聲	그 자리에는 소의 울음만 고여 있네.
誰把牛牽走了	누가 소를 끌고 가버렸나.
拉無韁繩牛	고삐 없는 소를 끌고
拉無穿鼻牛	코뚜레 없는 소를 끌고
不知是吾牛	이것이 나의 소인 줄 모르고
誰孤又覓牛	누가 홀로 또 소를 찾아
徘徊迷惑色界中	미혹의 색계에서 헤매고 있는지.

○ 問我　　　나에게 묻는다

我是誰我問我	나는 누군지 나는 나에게 묻고
我問他我是誰	나는 그에게 내가 누군지 묻네.

我是誰我問你	나는 누군지 나는 너에게 묻고
他問我他是誰	그는 나에게 그가 누군지 묻네.
什麼都不回答	아무런 대답도 하지 않네.
我問他他是誰	나는 그에게 그가 누군지 묻네.
我是誰哉	나는 도대체 누군가?
他問他他是誰	그는 그에게 그가 누군지 묻네.
只有未知而已	오직 알 수 없을 뿐.
無處無在是誰	어디에도 있는 이는 누군가?
我是什麼	나는 도대체 이 무엇인지.
無處有在是誰	어디에도 없는 이는 누군가?
只知虛空笑而答	다만 허공이 알고 웃으며 답할 뿐.
我今不知是誰	나는 지금도 이게 누군지 모르네.

○ 彼此間　　　피차간

君不見	그대는 보지 못하는가?
萬物平等	만물은 평등하여
一心皆寂靜	한마음은 모두 고요하구나.
山高谷深	산이 높으면 골이 깊고
陽有陰以陽	볕은 그늘이 있어 볕이고
生中有死以生	삶은 죽음이 있어 삶이로다.
天有地支撑纔是天	하늘은 땅이 받쳐야 하늘이고
影有主人所以是影	그림자는 주인공이 있어 그림자로다.
最後我爲什麼	그러면 최후에 나는 무엇인가?
何故我在什麼	무엇 때문에 나는 있는가?
我在彼此間	나는 이것과 저것 사이에 있네.

君不見	그대는 보지 못하는가?
無物不備	갖추지 않은 한 물건도 없음을,
有物皆備	물건이 있다면 다 갖추어져 있네.

○ 又問我　　또 나에게 묻는다

我是誰	나는 누구냐
放糞此身底是誰	똥 싸는 이 몸은 도대체 누구인지
聲雷轟轟掀天地	우르르 쾅쾅 우레 소리가 천지를 흔드니
香滿長安數萬家	향기는 장안 수만 집에 가득하도다.
懷心是我乎	생각하는 이놈이 나인가
汝懷我是誰	네가 생각하는 나는 누구인가
我懷我又是誰	내가 생각하는 나는 또 누구인가
父母未生前我是誰	부모가 날 낳기 전에 나는 누구인가
誰能呼吸虛空	누가 허공에 숨을 내쉬는지
此何物耶	이는 어떤 물건인지.
虛空中漂泊後	허공에 떠돌다가 머문 뒤
却歸虛空	도로 허공으로 돌아가는
我何在乎	나는 어디에 있는지
最後虛空	최후에 허공인
我究竟是什麼	나는 결국 무엇인가
空虛無言笑了	허공이 말없이 웃고 마네.

○ 沈默　　　침묵

叮噹叮噹	쟁강! 쟁강!
叮噹打鐵聲	쟁강! 쇠 소리,
激動心裏沈默	마음 속 침묵을 격동하니
卽爲本心幾息	본심이 거의 쉬다가
召汝而爾消失	너를 부르면 너는 사라지네.
何異於召人而閉門乎	이 어찌 사람을 부르며 문 닫는 것과 다르랴.
本來不可見	본래부터 보이지도 않고
猶聽不聞	들리지도 않네.
雖然一切無說	아무런 말도 없지만
汝可以越宇宙傳吾心	너는 저 우주 너머 마음을 전할 수 있네.
呼喚汝須臾而散	너를 부르자 네가 잠시 흩어지고
只此一瞬間	오직 이 한순간
汝繚繞說話之前	너는 맴돌며 말하기 전까지,
忍了又忍	참고 또 참으며
時間之舌藏劫外	시간의 혀를 겁 밖에 감추고
超越語言哉	언어를 넘어서네.

○ 獨踽路　　　홀로 가는 길

若春來一期	봄이 한번 오길 기약하려면
何久收聲屏氣哭泣兮	얼마나 오래 소리 감추고 숨죽여 울었을까
透徹寒冷後	매운 추위를 뚫고 난 뒤
靡靡步步遠路兮	먼 길을 터벅터벅 걸어
終來于此地也	마침내 여기 왔네.

今春吾頸涼了兮　이 봄, 내 목이 서늘한데
斷頭臺上吹春風　단두대 위에 서니 봄바람이 부네.
春夏秋皆同色兮　봄, 여름, 가을, 모조리 같은 색인데
夢中裏天地秋　꿈속에 이미 천지는 가을이로다.
誰能一刀割斷吾頸兮　누가 내 목을 한 칼에 댕강 자르나
請看地上頸血濺　땅 위에 피 흩뿌리는 저 목을 보아라!
忽然無色此身兮　홀연히 무색의 이 몸,
方下歸鄕哉　막 떨어져 고향으로 돌아가는
一片落葉兮　낙엽 한 잎,
天地秋　천지가 가을이로구나!
紅信!　붉은 소식!

○ 黃金佛事　황금불사

只爲得悟　오직 깨달음을 얻기 위해
淸淨度生　청정하게 중생을 제도하며
生平有撒屎之一屎蟲　평생 똥만 싸는 똥 벌레가 있네.
因爲口與肛門不是兩　입과 항문이 둘이 아니라서
一同竅以喫飯撒屎　똑같은 한 구멍으로 밥 먹고 똥을 싸네.
三千大千世界中　삼천대천세계 가운데
無有如爾聖物　너처럼 거룩한 물건도 없어
佛祖也抹上改金　부처님도 그 똥을 발라 개금을 하고
以香水洗身地獄　향수 지옥에서 몸을 씻으니
天地之間化聖潔　천지가 거룩해졌도다.
至道難無上智慧　지극한 도는 어려우나 위없는 지혜라
一切滅斷煩惱障　일체의 번뇌장을 끊어 없애도다.

豈無人欣菩提心　어찌 보리심을 기뻐할 사람이 없으랴.
莫如汝一糞蟲子　너만 한 똥 벌레가 없으니
只靠糞土持生計　오직 똥거름으로 먹고 살다가
是以順從汝痕跡　너의 자취를 순순히 따를 뿐.
於　　　　　　　오!
聖潔之路　　　　거룩한 길이여!

*오(於): 아름다움을 나타내는 감탄사.

○ 本來佛　　　본래부처

堂堂大道　　　당당한 대도여!
赫赫分明　　　빛나고 빛나 분명하구나.
人人本具　　　사람마다 본래 구족하고
個個圓成　　　낱낱이 원만하게 이루었구나.
若鏡沾垢　　　거울에 때가 끼면
無所能見　　　아무 것도 볼 수 없듯이
處處皆佛　　　곳곳마다 다 부처인데
看不見佛　　　부처를 볼 수가 없구나.
生平尋佛　　　평생 부처를 찾아서
雖人皆佪　　　누구나 헤매고 다니지만
不知自佛　　　정작 스스로 부처인 줄 모르네.
本來有鏡　　　원래부터 거울이 있으니
可以照其心　　그 마음을 비출 수 있고
可以省其躬　　그 몸을 살필 수 있네.
何須求新鏡　　새 거울은 구해서 뭘 하나.

只擦去塵埃　　티끌만 닦는다면
古鏡映照我　　옛 거울에 나를 비추니
我卽本來佛　　내가 곧 본래 부처인 걸.

○ 自問　　　　스스로 묻는다

我問我　　　　나는 나에게 묻는다.
空漢我問　　　공한 나란 놈이 묻는다.
對答我空　　　대답하는 나는 공하다.
却是要問　　　그래도 물어야 한다.
問了能答是我　물어야 대답하는 그 놈이 나니까.
只有我在問裏　오직 물음 속에 내가 있다.
世上最重是什麼　세상에서 가장 값진 것은 무엇인가?
死貓頭　　　　죽은 고양이 머리다.
云何　　　　　왜 그런가?
因爲無定價　　값을 매길 수 없기 때문이네.
法也是何耶　　법도 그러한가?
雖然無定價　　값을 매길 수 없지만
法非如此　　　법은 그렇지 않네.
因爲法是活發發　법은 늘 살아서 활발발하니까,
打法身　　　　법신을 쳐라.
將殺以畢撤　　아예 죽여서 치워버려라.
只纔卽法　　　그래야 법이다.
無法是法　　　무법이 곧 법이다.

○ 擔夫　　　　짐꾼

可怕兮	끔찍하구나.
是行李兮	짐이여!
擔重遠致	무겁게 지고 먼 길 가며
隨歲多加擔子兮	해가 갈수록 늘어가는 짐이여,
何時全能釋負乎	언제 저걸 다 부릴 수 있을까?
若無些一瓢	사소한 바가지 하나라도 없으면
不能汲水兮	물조차 길을 수 없어
不能可以解渴	목마름을 풀 수 없구나.
如果連匙放下	숟가락마저 놓는다면
將是死了身	장차 이는 죽은 몸인데,
易不能可如何	쉽게 하지 못하니 이를 어이할까?
吾身最後怎麽	이 육신은 마지막에 어찌할까?
這身行李什麽	이 몸이 짐이니
行李須自問	짐 쌀 때는 꼭 스스로 물어볼지니
白骨亦解苞	백골 싼 보따리도 풀어보아라
何時能脫放下擔乎	이 짐마저 벗어 내려놓을 날 언제일까?
可怕吾行李兮	끔찍한 나의 짐이여,
嗟吾肉身兮	아, 나의 몸뚱어리여.

○ 劍法　　　　검법

若使不揮刀	칼을 휘두르지 않고도
終能制壓相對兮	마침내 상대를 제압할 수 있다면
他是最高劍客	그는 최고의 검객이다.

刀鞘裏不拔出刀兮　칼자루에서 칼을 빼지 않고
斬斷火熱煩惱　불타오르는 번뇌를 베어 결단한다.
一刀切除妄念兮　한칼에 망념을 끊어 없애고
六根境界上劍舞跳　육근의 경계 위에서 칼춤을 춘다.
雖一回合以不退戰兮　비록 한 번 합할지라도 패배하지 않는
不二劍法曾傳禪法　불이의 검법은 일찍이 선법에
隱密代代授受兮　은밀하게 대대로 주고받은 것,
誰斬割佛祖頸部　누가 부처님의 목을 치는가?
又拆開祖師骨頭兮　누가 조사의 뼈를 동강내는가?
今閒對靑山　지금 한가로이 청산을 보고
宇宙內自在兮　우주 안에 자재하는
看風之劍術　바람의 검술을 보아라.
白血如雲涌兮　하얀 피가 구름처럼 솟구치고
始天雷聲振　비로소 하늘의 천둥소리 진동하니
刀磨再新兮　칼날은 다시 갈아 새로워도
法不生鏽　불법은 녹슬지 않고
大笑過刀山地獄　크게 웃으며 칼산지옥을 지나가네.

○ 贈法子　법제자에게 주다

自性常淸淨　자성은 항상 청정하니
莫離於性相　성품과 모양을 떠나지 말라.
善惡皆吾師　선과 악이 모두 나의 스승이니
知善惡一切　일체의 선과 악을 알고
均之爲我益　고르게 하면 나에게 보탬이 되네.
然善之可傚　그렇지만 선을 본받는 데는

故有得有否	제대로 하거나 제대로 못하거나
爲歧也多異	여러 가지 다른 많은 길이 있네.
不思善惡	선과 악을 생각하지 않으니
善惡不二	선과 악은 둘이 아니라네.
惡知與善	악과 선을 함께 알고
放下屠刀	살육의 칼을 놓아버려라.
善則從之	선은 곧 따르고
惡則改之	악은 곧 고쳐야 하느니라.
惡之可鑑	악을 거울로 삼아
止一路爾	그치는 데는 한 가지 길뿐.
皆由自心	모두 자기 마음에서 비롯되어
於相離相	모양에서 모양을 떠나고
於空離空	공함에서 공함을 떠나서
魔佛俱打	마군과 부처를 같이 떨쳐버리니
不二遮照	양변을 떠나거나 융합함은 둘이 아니라
脫俗簡素	속됨을 벗어나서 간소하구나.

*차조(遮照): 쌍차쌍조(雙遮雙照). 쌍차(雙遮)는 양변(兩邊)을 떠나는 것이고, 쌍조(雙照)는 양변이 완전히 융합하는 것을 말한다. 즉 둘이 아닌 중도(中道)의 불이법(不二法)을 말한다.

○ 咄咄咄　　쯧, 쯧, 쯧

宇宙幾何廣闊	우주가 얼마나 광활한지
縱睜開	두 눈을 부릅뜨고
雙眼不可測	보아도 헤아릴 수 없고

兩耳豁開了	두 귀를 활짝 열고
欲聽之不可聞	들으려 해도 다 들을 수 없네.
若愚昧之見以測	어리석은 생각으로 헤아리면
只是被關一隅	겨우 한 모퉁이에 갇힐 뿐,
此身幾何渺小塵埃	이 몸 얼마나 아득하고 작은 티끌인지.
雖欲自抗拒	비록 스스로 발버둥 쳐보려 해도
唯是小兒踢搖籃	기껏해야 어린애가 요람을 차는 듯
不爲之微動	미동도 하지 않는
乘天空鞦韆	하늘의 그네 타고
何幾眩暈忍受	어지럼증은 또 얼마나 견뎌야 하나.
纔持一粒粟米	겨우 좁쌀 한 톨을 가지고
紛紛計較	이러쿵저러쿵 따지니
咄咄咄	쯧, 쯧, 쯧
日月不過玩物	해와 달은 장난감에 불과한데
靑山又何物	푸른 산은 또 웬 것인가.
白雲笑而過	흰 구름이 비웃고 지나가니
纔天隙以窺	겨우 하늘 틈으로 엿보는
此漢問何爲	이놈은 무엇 하는 놈이냐?
咄咄咄	쯧, 쯧, 쯧

○ 與西天　　서쪽 하늘에게

快卽來	어서 오너라.
豈不悲哉	어찌 슬픈 일이 아니겠는가.
後日造物者	뒷날에 조물주가
何以慰我也	어떻게 나를 위로할까?

吾與汝兮	나와 너여!
相抱最後風景兮	서로 품어주는 마지막 풍경이여,
始知空中雲彩同	비로소 허공과 구름이 같은 걸 알았네.
刹那生死爲之幻	태어나고 죽는 찰나의 허깨비로
此地我今以終焉	나는 지금 여기서 마치노라.
時間將此消逝	장차 시간이 사라지고
無有身如虛空	텅 빈 허공처럼 몸도 없구나.
被囚亂繫六根	육근에 어지러이 묶여 갇힌 채
驅我到來極限	나를 몰아서 극한까지 왔도다.
流落於這裏	이 속에 흘러 떨어지니
終畢点名上	마침내 내 이름 위에 점을 찍고
孤流向西天	홀로 서천으로 흘러가
成爲同心結	동심결을 이루리라.
西天一隅霞	서쪽 하늘 한 귀퉁이 노을이
獨立久熟視	홀로 서서 오래 물끄러미 쳐다보리니
汝行之處處	네가 가는 곳곳마다
我必與汝去	나는 꼭 너와 같이 가서
欲爲至愛歌	지극한 사랑의 노래가 되리라.

○ 空空   공이 공하여

空空蕩蕩	공이 공하니 넓고 아득하고
道道浩浩	도가 도이니 크고 광대하네.
道是非常道	도는 곧 항상 도가 아니고
理卽非恒理	이치는 곧 언제나 이치가 아니네.
心卽佛非佛	마음이 곧 부처이면서 부처가 아니니

如如卽眞如	변함이 없으니 곧 진여라네.
何究竟落處	어디가 궁극의 낙처인가?
無上非無常處	위없는 무상하지 않은 곳이라네.
開花落處見道理	꽃 피고 지는 곳에 도리를 보고
道理見處卽開悟	도리를 본 곳에 곧 깨달음을 얻으니
此道理卽彼道理	이 도리가 곧 저 도리로다.
自然卽無爲	자연은 곧 무위이니
有爲是非自然	유위는 바로 자연이 아니네.
空非空	공이 공이 아니고
空空亦非空	공이 공하니 역시 공이 아니네.
何處覓此道	어디에서 이 도를 찾겠는가?
滅盡諸法	모든 법이 멸하고 나니
只聽狗骨打出聲音	개뼈다귀 치는 소리만 들을 뿐,
原音此地蹳來蹳去	원래의 음은 여기서 머뭇머뭇 오가니
要聞吠叫聲	개 짖는 소리 듣기를,
空空空空空	공, 공, 공, 공, 공,
處處狗吠聲	곳곳마다 개 짖는 소리
消除人迹了	사람의 자취를 다 지우나니
是無字藏經	이것이 글자 없는 대장경이로다.

○ 厭煩之旅行　지긋지긋한 여행

好呵好呵	하, 하, 하,
世間萬物兮	세상 온갖 사물이여!
隨心所欲運轉	마음 따라 제멋대로 굴러가고
我又隨心	나도 또 마음 좇아,

所欲遊蕩兮	내 맘대로 질탕하게 노니네.
地球是行星	지구라는 이 행성은
每日自轉一回	매일 하루에 꼭 한번
以旋軌道兮	궤도 따라 스스로 돌고
大衆轉來轉去	모두가 굴러 와서 굴러가고
又轉來轉去兮	또 굴러 와서 굴러가네.
頂戴虛空外消滅	허공을 정수리에 이고 저 너머로 사라지고
走向無人知處兮	아무도 알 수 없는 그곳으로 달려가네.
天地間唯我獨尊	천지간에 오직 나 홀로 존귀하니
只一念如一點塵兮	다만 한 생각은 한 점 티끌일 뿐.
生也一片浮雲起	삶은 한조각 구름이 일어나듯
死也一片浮雲滅兮	죽음은 한조각 구름이 사라지듯
吾如紅爐一點雪	나는 붉은 화로에 한 점 눈송이 같아라.
嗚呼宇宙似鍛人兮	오호라, 우주는 대장장이 같아서
吹鞴鍛鐵條	풀무질로 쇳조각을 달구고
吾呑紅火焰鐵塊兮	나는 붉게 화염에 불타는 쇳덩이를 삼키네.
無有根	뿌리가 없는데
却生根一片土兮	도리어 뿌리를 내린 한 조각 흙이여!
其地在何裏	그 땅은 어디 안에 있는가?
父母未生前兮	부모가 날 낳기 전에
我不知何意	나는 알지 못하네, 무슨 뜻으로
何自而來兮	나는 어디에서 왔는가?
是什麼	이 무엇인가?
咄咄咄	쯧, 쯧, 쯧,

○ 白骨觀　　　백골관

時余方死	방금 나는 죽고
久眈視我	나를 물끄러미 쳐다보네.
屍身始變化僵硬	이제 막 죽은 몸이 뻣뻣해지고
向去中陰送別我	중음으로 떠나가는 나를 전송하노라.
發紫色脣漸冷體溫	시퍼런 입술과 서서히 식어가는 체온,
只從耳入風之泣聲	다만 귓속으로 들려오는 바람의 울음 뿐
灑到最後今生殘渣	마지막에 쏟아버린 이승의 찌꺼기들,
是皆與我別離	모두 나와는 이별이다.
孰爾去好麽兮	누가 너를 손짓하며 잘 가라고 할까?
寂滅之骨肉兮	적멸의 살과 뼈들아,
綠色縈繞冷血	푸른빛이 감도는 차가운 피는
今變屍汁	이제 시즙이 되어
從吾九竅洞中	나의 아홉 구멍에서
爛合瀉出	문드러져 쏟아지고
我更輕還淡	나는 가벼워져 다시 담담해지니
將離時尤輕	떠날 때 더욱 홀가분하리라.
心靈種子將若之何	마음의 종자는 장차 어찌할까?
深深涵藏阿賴耶識	아뢰야식에 아주 깊이 저장된
余祕密往事行蹟	나의 비밀스러운 지난 일의 행적들,
以地水火風也	지수화풍으로
泡影瞬間不盡	물거품과 그림자가 순간에 사라지지 않지만
久之腐爛屍身山谷中	한동안 썩어 문드러지는 죽은 몸의 산골짜기에서
眼球掉脫	눈알이 흔들려 빠지고
筋脈解緩	힘줄과 맥이 느슨해지고
膚革軟弱	살과 가죽이 연약해져서

體腐蛆生	몸이 썩어 구더기가 생기고
直到脛骨塌陷	곧장 정강이뼈가 주저앉을 때까지
歲月無際流逝	세월은 하염없이 흐르고
終於擺脫	드디어 벗어던지는
骷髏之舞	해골의 춤이여,
嗟,	아!
如何是處	여기가 어디인가?
我獨自在解脫道上	나는 해탈의 길에서 홀로 자유롭게
始今受風	비로소 지금 바람을 맞는다.
隨唱芳美風之讚歌	향기롭고 아름다운 바람의 찬가를 따라 부르며
方自爲綠風	바야흐로 스스로 푸르른 바람이 된다.
走向億劫外	억겁 밖을 향하여 달리며
帶綠光出行	푸르른 빛을 두르고 나들이하노라.

○ 又懺悔錄   또 참회록

獨戴天空	홀로 하늘을 이고
踩着地面	땅을 딛고 서서
身口意三業	몸과 입과 마음으로 업을 짓고
不燒情識障	여섯 가지 식의 장애를 태우지 못하고
不消煩惱障	번뇌의 장애를 사라지게 하지 못하고
不洗知見障	바른 견해의 장애를 씻지 못하니
何幾罪業深重	얼마나 많은 죄업이 깊고 무거운지
愼向有情無情	삼가 유정과 무정을 향하여
俯伏懺悔	엎드려 참회하나이다.
嗚呼哀哉	아! 슬프도다.

父母未生前不孝	부모님이 날 낳기 전에 불효하니
氣血骨肉以哺我	뼈와 살, 기혈로써 날 먹이셨구나.
同氣兄弟無友愛	같은 기를 나눈 형제에게 우애 없고
叛傳背上插刀	스승을 배신하여 등에 칼을 꽂았고
妄言善友離間	착한 벗에게 망령된 말로 이간질하고
貪淫女人作惡	여인을 탐하여 음욕을 품고 패악을 저지르고
頻怒狂佯顚跳	자주 분노하고 미친 척 날뛰었으며
閉眼痛苦里鄰	고통 받는 이웃에 눈 감았고
心憎有懷無情	유정 무정을 미워하는 마음을 품고
無數不淸言動	셀 수도 없이 깨끗하지 못한 말과 행동으로
以無慈悲屠戮	무자비하게 도륙하고
只爲了吾一身	오직 내 한 몸을 위하여
吐咳三毒之汚唾	삼독의 더러운 침을 내뱉고
終病今待死去日	마침내 병들고 이제 죽을 날을 기다리니
地獄閻王將見我	지옥의 염왕은 나를 보시거든
如投餓鬼給食物	아귀에게 먹이를 던져주듯
仰浼一切毋貸焉	부디 우러르니 용서하지 마소서.
虛綺語何頻欺人	번지르르한 말로 얼마나 자주 남을 속이고
粗暴言動傲視他	모진 말과 행동으로 업신여기며
己也自高了	제 스스로 높였으니
何吾醜惡麼	얼마나 나는 추악한가.
何甚我可憎之	나는 얼마나 가증스럽고
何我多慘酷兮	나는 얼마나 많이 참혹한가.
吾懺悔錄漲溢乎	나의 참회록은 얼마나 넘치는지
比此生涯路過長	내 살아온 생애의 길보다 더 길도다.
不宥之懺悔錄中	용서받지 못할 참회록 중에서
這羞恥也	이 부끄러움을

再有添加事否	다시 더 보탤 일이 없는지
或有脫漏事否	혹시라도 빠진 일은 없는지,
今猶未得寫完	이제 미처 다 쓰지도 못하고
跪向於充溢罪目	넘치는 죄목들을 향하여 꿇어앉아
何幾久我秉筆乎	나는 또 붓을 얼마나 더 오래 들어야 할까.
明知故犯戒過甚大	알고서 지은 죄는 너무나 크고
不知而犯戒更不用說	모르고서 지은 죄는 더 말할 게 없으니
罪業必與果報對偶	죄업은 반드시 과보와 짝을 이루나니
我終於刀山地獄裏	나는 마침내 칼산지옥에서
撕割一條條	갈가리 찢겨져
投給餓鬼	아귀에게 던져지리라.

초명암집

蟭螟庵集

원경 圓鏡

경남 산청에서 나서 시인, 번역가로 활동하며 지금은 지리산 초명암
에 안거중이다. 속명은 이상원李商元, 남명문학상 신인상을 수상하
여 등단하고, 서사시 『서포에서 길을 찾다』로 제2회 김만중문학상
대상을 수상했다. 시집으로 『풀이 가는 길』, 『여백의 문풍지』, 『만
적』, 『소금사막의 노래』, 『벌거벗은 개의 경전』, 『마음의 뗏목 한 잎』,
『침묵의 꽃』이 있으며, 역·저서로 『하원시초』, 『노비문학산고』, 『기생
문학산고 1,2』, 『불타다 남은 시』, 『무의자 혜심 선시집』, 『스라렝딩
거문고소리』, 『미물의 발견』, 『동창이 밝았느냐』 등이 있고 『우리말
불교성전』, 『정중무상행적송』을 펴냈다.

e-mail: zenlotus3@gmail.com

초명암집

원경圓鏡 지음

발행처·도서출판 **청어**
발행인·이영철
영 업·이동호
홍 보·천성래
기 획·남기환
편 집·방세화
디자인·이수빈 | 김영은
제작이사·공병한
인 쇄·두리터

등 록·1999년 5월 3일
(제321-3210000251001999000063호)

1판 1쇄 발행·2020년 12월 20일

주소·서울특별시 서초구 남부순환로364길 8-15 동일빌딩 2층
대표전화·02-586-0477
팩시밀리·0303-0942-0478
홈페이지·www.chungeobook.com
E-mail·ppi20@hanmail.net
ISBN·979-11-5860-916-0(03810)

이 도서의 국립중앙도서관 출판시도서목록(CIP)은 서지정보유통지원시스템 홈페이지
(http://seoji.nl.go.kr)와 국가자료공동목록시스템(http://www.nl.go.kr/kolisnet)에서 이용
하실 수 있습니다.(CIP제어번호: CIP2020046091)